Baagon

(La douzième crypte)

DU MEME AUTEUR

Roman
Isfet et Maât,
BOD, juin 2020
L'empreinte de l'ange,
BOD, février 2021

Thématique
Excel dévoilé,
BOD, novembre 2020
Word dévoilé,
BOD, mars 2021
PowerPoint dévoilé,
BOD, Juin 2021

Jeunesse (*Sous le nom de Charles Pagiaut*)
Milow, le jeune aventurier (1) : Le trésor de Sarah
BOD, Juin 2021
Milow, le jeune aventurier (2) : Milow et le secret de la pyramide
BOD, Octobre 2021

Pascal Gauthier

Baagon

Roman

Édition : BoD – Books on Demand,
12/14 rond-point des Champs-Élysées, 75008 Paris
Impression : BoD - Books on Demand, Norderstedt, Allemagne

ISBN : 978-2-2322-4045-99
Dépôt légal : Décembre 2021

REMERCIEMENTS

Mes remerciements vont en premier lieu aux deux personnes qui ont eu la délicate tâche de me soutenir dans ce projet, par leurs relectures et conseils avisés ; notamment mon épouse, première lectrice assidue. Je suis également reconnaissant envers mes lecteurs fidèles, qui ont su me convaincre de poursuivre les aventures de mes personnages d'Isfet et Maât dans ce nouveau volet.

AVANT-PROPOS

Après l'intérêt suscité par mon précédent roman dont l'action se situait sur le site exceptionnel de Karnak, et la demande pressante de mes lecteurs : je vous propose la suite d'<u>Isfet et Maât</u>[1].

Pour cette nouvelle aventure, j'ai souhaité faire découvrir un autre lieu emblématique de l'Égypte antique ; Dendérah. Cette appellation est assez moderne, les Grecs anciens le baptisaient Tentyris, issu du nom égyptien d'origine : Tantareret[2].

C'est donc cette dernière désignation qui sera utilisée dans ce roman.

Il s'agit probablement de l'un des endroits les plus mystérieux, nombre de sociétés secrètes y ont sans doute exercé, animées de bonnes ou mauvaises intentions.

Tantareret est constitué de trois enceintes contenant chacune des édifices sacrés.

---

[1] Disponible sur www.bod.fr
[2] Le site a également porté les noms de Lounet et Lounet-Netjeret.

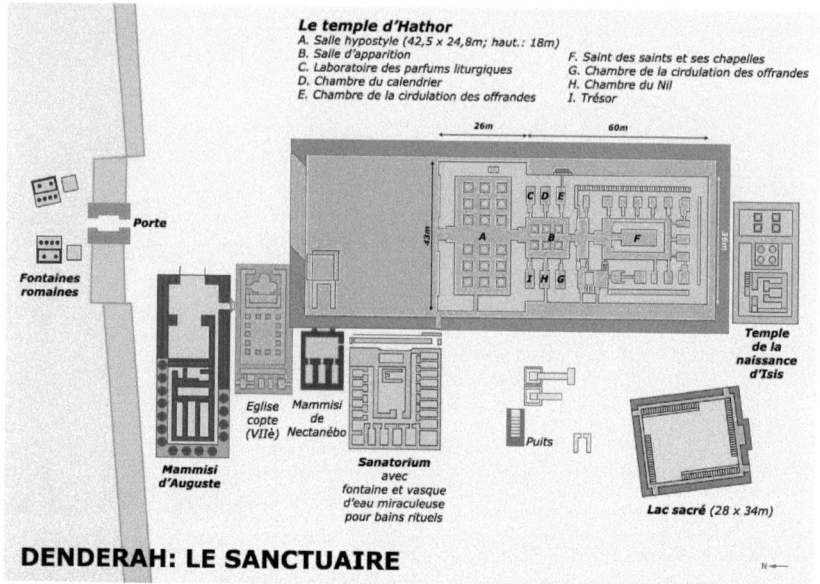

Le temple d'Hathor
A. Salle hypostyle (42,5 x 24,8m; haut.: 18m)
B. Salle d'apparition
C. Laboratoire des parfums liturgiques
D. Chambre du calendrier
E. Chambre de la cirdulation des offrandes
F. Saint des saints et ses chapelles
G. Chambre de la cirdulation des offrandes
H. Chambre du Nil
I. Trésor

Porte

Fontaines romaines

Eglise copte (VIIè)

Mammisi de Nectanébo

Mammisi d'Auguste

Sanatorium avec fontaine et vasque d'eau miraculeuse pour bains rituels

Puits

Temple de la naissance d'Isis

Lac sacré (28 x 34m)

DENDERAH: LE SANCTUAIRE

Le plus ancien monument encore visible sur le lieu est un mammisi[3], bâtit à l'époque de Nectanébo 1er[4]. La plupart des ruines que nous pouvons observer de nos jours ont été construites à partir du IIe siècle avant J. C. Pour les besoins du récit, j'ai pris quelques libertés, en considérant qu'il devait exister un temple équivalent à la période durant laquelle se déroule ce roman, composé de cryptes souterraines, ainsi que d'un lac sacré et d'un rempart imposant.

Ahmir[5], le grand prêtre légendaire de Karnak est mort, et Mosolan, le Pharaon, a désigné Baagon[5] à sa place.

---

[3] Un mammisi est une petite chapelle construite près d'un temple majeur qui servait aux représentations des mystères de la naissance divine.
[4] Nectanébo Ier (Khéperka Rê) qui régna de -380 à -362 est un des derniers Égyptiens sur le trône d'Égypte.
[5] Voir Isfet et Maât

Même si Maât a vaincu l'Isfet[6], le successeur d'Ahmir va devoir redoubler de vigilance auprès de son souverain, aidé du général Abif[5] afin que l'histoire ne se répète pas.

---

[6] Terme de l'Égypte antique désignant le mal

PROLOGUE

An 34 de Mosolan, mois de Phaophi[7], palais de Pharaon

En cette fin d'après-midi, l'astre de Râ illumine le magnifique jardin du palais. Les différentes fleurs paraissent rivaliser de beauté par leurs couleurs et leurs formes. Malgré son accès à la grande maîtrise de Karnak, Ahmir a pu transmettre sa connaissance de jardinier émérite afin de rendre harmonieux ce paradis terrestre. Mosolan observe comme souvent à cette heure du jour, ses filles se promenant dans les allées verdoyantes… elles ont bien changé depuis ces années, notamment Lia, devenue une jeune femme…

— Tu m'as l'air bien songeur, Mosolan.

Pharaon fait pivoter son corps élancé vers l'inconnu qui l'interpelle.

— Excuse-moi, je ne t'avais pas entendu arriver.

L'homme s'approche et lui pose la main sur l'épaule.

---

[7] Second mois du calendrier nilotique (*basé sur la crue du Nil*), correspond à août-septembre.

- Rassure-toi, grâce à Ahmir, Maât règne de nouveau sur Karnak. Aduj[5] est effacé à tout jamais des mémoires du domaine.
- Je le sais, mais j'ai encore eu des visions cette nuit…
- … lesquelles ?
- Ce n'est pas très clair, mais je ressens la même oppression lorsque l'Isfet a mis en danger le royaume.
- Crois-tu que des complices d'Aduj sont toujours dans la nature ?
- Je ne pense pas, mais nous devons rester prudents.
- Qui est au courant de ces visions ?
- La reine Neferi[5]
- Et Ahmir ?
- Pas encore, j'attendais justement que nous nous retrouvions pour lui en faire part.

Depuis plusieurs mois, Mosolan se réunit régulièrement et discrètement avec son invité et Ahmir. Leurs rencontres sont l'occasion de prises de décisions importantes pour le royaume. Mais une quête beaucoup plus spirituelle est la raison fondamentale de ces entrevues secrètes.

Un bruit de pas précipité interrompt la conversation des deux hommes.

- Ahmir ! Nous commencions à nous inquiéter.
- Bonjour, mes frères ! j'ai une grande nouvelle à vous annoncer.

Son regard croise celui de Pharaon et de l'autre individu, il ressent un certain trouble qui vient estomper son enthousiasme.

- Vous me paraissez soucieux. Un drame est-il survenu ?

Mosolan explique en détail, ses visions et la vigilance que doivent accompagner ces craintes.

- Le passé a démontré que tes cauchemars sont malheureusement prémonitoires.
- Espérons qu'il ne s'agisse finalement que d'un simple mauvais rêve. Mais dis-nous ce qui a causé ton retard et qui semblait tant te réjouir.
- Le papyrus de Tantareret… nous touchons au but.

– Veux-tu dire que tu as réussi à le déchiffrer ? Lui demande le deuxième homme.

– Pratiquement, mon frère, pratiquement. Il ne me reste plus que quelques hiéroglyphes à reconstituer.

– Magnifique, Ahmir ! Et quand penses-tu avoir le résultat final ?

– Après la fermeture du Temple, je terminerais mes recherches.

Le site de Tantareret revêt un aspect mystérieux et magique pour les trois hommes. Il leur faut impérativement découvrir le secret qu'il renferme afin d'assurer une harmonie et une sérénité sur le royaume d'Égypte pendant des siècles et des siècles. Le fameux papyrus est transmis de pharaon à pharaon depuis de très nombreuses générations, mais aucun n'a jusqu'à présent, semble-t-il, réussi à en déchiffrer le sens. Mosolan a confié cette tâche à son ami Ahmir, visiblement l'espoir qu'il formait en lui n'a pas été vain.

– As-tu découvert autre chose d'intéressant ?

– L'existence d'une crypte secrète…

– … une crypte ?

– Oui, précisément.

– Et le papyrus indique-t-il sa position et son contenu ?

– Il ne me manque plus que quelques éléments pour localiser le lieu exact. L'une des fresques de Tantareret contient probablement la dernière clef qui me fait défaut. Pour ce qu'elle renferme, je ne saurais te le dire pour l'instant.

– Tu sais à quel point notre confrérie compte sur toi. Tu es le seul capable de découvrir où se trouve cette mystérieuse crypte.

– Je vais essayer d'en être digne. C'est pourquoi je dois vous quitter pour terminer ma tâche.

Alors qu'il s'apprête à sortir de la salle, Pharaon lui prend le bras.

– Avant de partir, permets-moi de t'offrir cette jarre de vin, elle provient du nome[8] de Saout. Tu me diras plus tard ce que tu en as pensé.

– Merci Mosolan.

Les craintes de Pharaon étaient, comme toujours, fondées et malheureusement Ahmir sera assassiné le soir même[9]... la clef de l'énigme restera cachée pendant de longs mois. Mosolan et le deuxième homme décidèrent que le papyrus ne devait pas tomber entre de mauvaises mains, et établirent de le dissimuler tant qu'ils n'auraient pas trouvé un être digne de prendre la suite de leur ami disparu.

Quelques jours avant la cérémonie d'inhumation d'Ahmir, Mosolan fit construire une urne prévue pour accueillir le cœur de son ami. Un double fond fut aménagé, dans lequel il glissa le papyrus de Tantareret, afin que nul ne puisse s'emparer du précieux message qu'il contient.

– As-tu mis en sécurité le papyrus, Mosolan ?

– Oui, mon frère. Maintenant, nous n'avons plus qu'à attendre l'homme providentiel qui saura achever l'œuvre d'Ahmir.

– Crois-tu que celui que nous envisageons est la bonne personne ?

– J'en suis persuadé. Et tu sais, tout comme moi, qu'il ne nous manque plus qu'un signe d'Ahmir pour le trouver...

---

[8] Divisions territoriales qui permettaient, dans l'Antiquité, de découper l'Égypte en provinces.

[9] Voir Isfet et Maât

PARTIE 1

LES ÉLUS

Suis ton cœur aussi longtemps que tu vis.

La sagesse égyptienne — IIIe millénaire av. J.-C.

CHAPITRE 1 : RÉVÉLATION

An 35 de Mosolan, mois de Phaophi[10], temple de Louqsor

Plus d'une année, c'est écoulé depuis la mort d'Ahmir, le papyrus de Tantareret est toujours en lieu sûr. Mosolan s'interroge encore sur la révélation de l'homme providentiel, et il ressent profondément que le dernier signe est proche.

En fin de journée, dans le Temple de Louqsor, la fête de l'Opet[11] est pratiquement terminée. Les deux individus s'isolent un moment. Le Grand Prêtre s'avance vers Pharaon.

— Puis-je vous poser une question ?
— Je vous écoute, Grand Prêtre.
— Pensez-vous que l'Isfet a été enfin vaincu ?

---

[10] Second mois du calendrier nilotique (*basé sur la crue du Nil*), correspond à août-septembre.

[11] La « belle fête d'Opet », heb nefer in Ipet, au cours de laquelle l'Amon-Rê de Karnak, accompagné de son épouse Mout et de leur fils Khonsou, était porté en procession à Louxor, où il prenait la forme d'Amon-Min, était l'une des fêtes religieuses les plus somptueuses de l'Égypte pharaonique.

Mosolan hésite un instant avant de répondre.

— Suivez-moi.

Les deux hommes circulent en silence dans les méandres du Temple puis Mosolan s'arrête net.

— Retournez-vous et regardez ce mur.

Baagon s'exécute et commence à lire les inscriptions anciennes, qui y figurent. *Rê a placé le roi sur la terre des vivants, pour toujours et à jamais, pour juger les hommes et satisfaire les dieux, pour faire advenir Maât et anéantir Isfet, en donnant des offrandes aux dieux et des offrandes funéraires aux défunts.*

— Mon cher Baagon, c'est un éternel combat, et je suis certain de notre victoire... tant que des hommes sages y contribueront.

Ils poursuivent leur conversation alors que la plupart des invités ont quitté le temple après la fin de la fête de l'Opet. Malgré les sept siècles qui séparent la pose de la première pierre par Amenhotep III[12] à ce jour, la magnifique salle hypostyle paraît figée dans le temps. Mosolan et Baagon marchent lentement entre chacune des majestueuses colonnes papyriformes[13], de longs silences sont rompus par de brefs commentaires d'admiration sur les représentations peintes ou gravées, ci et là.

— Amon ne pouvait trouver plus bel endroit pour séjourner, les ouvriers ont réussi à magnifier ce lieu.

Tout en écoutant les propos de Pharaon, Baagon passe légèrement ses mains immenses sur la pierre pour ressentir le travail de ces ouvriers. Mosolan sourit en observant ce colosse, devenu Grand Prêtre, avoir des gestes aussi délicats. Cette force de la nature qui fut capable de tuer une lionne à mains nues incarne, selon lui, parfaitement la force, la beauté et la sagesse... il est devant lui, l'homme providentiel, il le

---

[12] Amenhotep III (né vers -1411/-1403, et mort à Malqata vers -1353/-1352), ou Aménophis III en grec ; Amāna-Ḫātpa en égyptien ancien, qui signifie Amon est satisfait, est le neuvième pharaon de la XVIIIe dynastie (période du Nouvel Empire).
[13] Qui a la forme d'une fleur de papyrus.

croit, mais il manque encore un dernier signe. Malgré ses hésitations, Mosolan sait qu'il est urgent d'agir, alors sa décision est prise, il doit lui parler.

En sortant de la cour solaire, Pharaon s'arrête net entre les deux obélisques gardant l'entrée du temple de Louqsor.

- Grand Prêtre, puis-je exiger de vous un serment ?
- Bien entendu, Pharaon. Mais de quel serment parlez-vous ?
- Ce que j'ai à vous dévoiler, peu d'individus en connaissent l'existence. Puis-je obtenir de vous de ne jamais divulguer ce que je vais vous apprendre dans un instant, à qui que ce soit ?
- Je vous en fais le serment.
- Sachez que si vous deveniez parjure, les conséquences en seraient terribles pour votre vie. Persistez-vous ?

La question résonne étrangement dans sa tête, il ne comprend pas vraiment ce qu'il se passe, mais le regard de Pharaon est profond, il le transperce... pas de doute à avoir.

- Oui.

Mosolan s'approche de Baagon et s'assure que personne ne peut les entendre.

- Il y a plusieurs siècles déjà, une confrérie restreinte composée de trois personnes parmi les plus influentes et les plus sages du royaume a été créée.
- Pourquoi me révéler ce secret ?
- Cette confrérie n'a jamais cessé d'exister.
- Êtes-vous certain que...
- ... Baagon, si je vous confie ce secret, c'est que l'un de ces sages a malheureusement péri sous les coups de trois mauvais prêtres.
- Ahmir !
- Comme vous devez vous en douter, je suis l'un de ces hommes, et je désirerais vous présenter le deuxième.
- Pour quelle raison ?
- Pour que vous preniez la place d'Ahmir.

Alors que Mosolan vient de faire cette révélation au Grand Prêtre, un autre colosse fait son apparition. Les cheveux longs et la barbe fournie, Abif s'approche des deux hommes. Le général et garde personnel de Pharaon n'a pas l'allure attendue par son rôle, son passé de mercenaire lui a façonné cette silhouette qui lui permet de susciter la crainte.

Les années ne semblaient pas avoir d'emprise sur lui, jusqu'à la mort de son ami Ahmir ; le blanc commence à supplanter le noir de sa pilosité.

– Baagon, je tenais à te féliciter pour cette belle fête de l'Opet.

– Merci, Abif.

– Ahmir aurait été fier de ce que tu as accompli.

– Je n'ai eu de cesse de mettre mes pas dans les siens pour l'élaboration de ces cérémonies. J'espère avoir été à la hauteur.

– Vous l'avez été, Grand Prêtre.

– Merci pour votre bienveillance, Pharaon.

L'accession à la Grande Maîtrise du domaine de Karnak a été pour Baagon un long périple semé d'embûches. Alors même qu'il est le fils unique du vizir Ay[5], il n'a jamais sollicité de passe-droit, et a suivi le parcours traditionnel dans la hiérarchie sacerdotale. Entré comme simple prêtre pur au service des dieux de Karnak, il a rapidement suscité la jalousie, et fut accusé, une première fois, pour instigateur d'un trafic dont le commanditaire était en réalité l'ancien Grand Prêtre Aduj, oncle du Pharaon. Puis parvenu au titre de Père divin, c'est du crime d'Ahmir, devenu son ami, dont il fut accablé à tort, une nouvelle fois. Mosolan a vu en cette personne écrasée par le destin, une âme pure digne de devenir Grand Prêtre et probablement digne de confiance pour remplacer Ahmir au sein de la confrérie secrète.

– Pharaon, nous devons partir.

– Bien sûr, Abif.

Les trois hommes se dirigent ensemble vers la sortie du temple de Louqsor où deux chars les attendent.

CHAPITRE 2 : LE DEUXIÈME ÉLU

Mosolan et Baagon embarquent sur le même char ; Pharaon est à la manœuvre ; les deux superbes chevaux blancs obéissent au moindre mouvement du souverain ; malgré son âge avancé, il demeure toujours un conducteur émérite. Abif se positionne en tête du cortège avec deux autres chars formant un triangle, puis à l'arrière un triangle identique ferme la marche ; la protection de Pharaon est totale.

Baagon aimerait questionner Mosolan sur cette confrérie, mais le bruit des roues sur le chemin vers Karnak bordé de ces magnifiques sphinx est trop important pour que la discussion reste discrète. C'est donc sans un mot que tout le convoi arrive jusqu'au débarcadère du Temple de Karnak, une petite flotte de bateaux est accostée, qui les attend pour traverser le Nil et rejoindre le palais.

Une fois à bord, Baagon ne peut toujours rien dire, Abif et trois soldats les accompagnent dans l'embarcation. De nombreuses questions envahissent l'esprit de Baagon ; il aurait voulu en savoir un peu plus sur le deuxième homme ; est-il lui aussi en accord avec Mosolan pour qu'il intègre leur organisation ; pourquoi lui ?

Pharaon discerne dans le regard du Grand Prêtre les doutes et les interrogations et tente de le rassurer en lui souriant discrètement.

Arrivé sur la rive opposée, le petit groupe atteint les autres bateaux desquels les chevaux et les chars ont été déchargés. Mosolan s'approche doucement de Baagon.

– La personne que je souhaite vous présenter nous rejoindra directement au Palais.

Il n'a pas le temps de poser la moindre question que le char de Pharaon est avancé. Le chemin vers la demeure royale se fera donc en silence.

Le convoi parvient enfin à destination, Baagon est subjugué par la beauté de l'édifice à chacune de ses visites ; les murs de l'enceinte brillent par la pureté de leur couleur blanche ; les jardins le fascinent, c'est un enchantement pour les yeux. Le Grand Prêtre ressent une sérénité particulière en traversant les allées de ce paradis terrestre, il s'arrête devant une rose flamboyante, la prend délicatement dans la paume de son immense main, et avance son visage afin d'en sentir les agréables effluves.

Mosolan s'approche de Baagon, et lui sourit.

– Veuillez m'excuser, je ne sais pas ce qu'il m'a pris, je n'ai pu retenir ce geste…

– … ne vous excusez pas, au contraire, vous venez de me donner le signe.

– Je ne comprends pas ?

– Lorsqu'Ahmir était jardinier dans ce palais, il avait pour habitude de venir saluer son œuvre par le même geste que vous venez de faire. Par la suite, à chacun de nos rendez-vous, il passait toujours par le jardin et faisait de même.

Baagon semble décontenancé par cette révélation.

– Croyez-vous qu'Ahmir y est pour quelque chose ?

– Oui, mon cher Baagon, je suis certain qu'une part de son ba[14] vous a été légué. Grâce à vous, Ahmir reparaît plus radieux que jamais.

Les deux hommes montent les marches de marbre qui donnent sur la terrasse privée du souverain. Baagon est de plus en plus ému par la situation, même si ce n'est pas la première fois qu'il se retrouve dans ce lieu.

– Suivez-moi.

– Bonjour, Baagon.

Surgie de nulle part, la fille aînée de Pharaon vient de faire son apparition. Elle a mis ses yeux en valeur par un maquillage de teinte noire.

– Bonjour, Lia. Lui répond Baagon chevrotant.

Mosolan est étonné de voir ce colosse, habituellement si sûr de lui, perdre ses moyens.

– Je t'en prie Lia, nous avons à faire avec le Grand Prêtre.

– Bien sûr, je vous laisse. Dit-elle en ayant lâché un dernier sourire à Baagon.

– Euh… je suis désolé… mais…

– Ne vous justifiez pas, ma fille est libre d'apprécier qui elle souhaite. Allons-y maintenant.

Le Grand Prêtre emboîte le pas de son souverain. Ils traversent une immense salle bordée de petites colonnes papyriformes colorées à leurs bases d'un bleu lapis-lazuli merveilleux. Ils avancent vers les appartements privés du souverain, puis soudain, Pharaon s'arrête net devant une gigantesque armoire en acacia, il ouvre l'une des grandes portes ciselées de deux énormes ibis. Baagon est surpris, le meuble est totalement vide…

– Nous allons franchir une porte secrète, êtes-vous prêt ?

– Je pense que oui.

---

[14] Dans la mythologie égyptienne, il s'agit de l'âme immortelle, une des parties de l'âme humaine.

Mosolan actionne un mécanisme qui permet l'ouverture d'un passage vers une pièce inconnue, quelques grincements du fer qui frotte contre le bois se font entendre, puis un accès de l'autre côté apparaît. La salle mystérieuse ne semble comporter aucune sortie vers l'extérieur, seuls quelques flambeaux éclairent les lieux très sombres. En avançant, Baagon aperçoit une silhouette de dos, probablement le deuxième Élu. Pharaon s'est déjà dirigé vers l'individu, et s'adresse au Grand Prêtre.

– Approchez, mais je pense que les présentations seront vaines.

L'homme se retourne… il s'agit du vizir Ay, son propre père. Baagon reste muet, il ne se doutait pas qu'il puisse être le deuxième membre de la confrérie. Ay prend son fils dans les bras en signe de gratitude de le voir présent auprès de Mosolan.

– Je suis heureux de te découvrir ici.

– Je suis un peu perdu, j'ai du mal à comprendre.

– À comprendre quoi, mon fils ?

– Les raisons pour lesquelles, toi et Pharaon m'avez choisi.

– Nous sommes en réalité trois. Après la mort d'Ahmir, nous nous retrouvions orphelins du membre probablement le plus sage d'entre nous. Nous étions anéantis par sa disparition, par les conditions de son exécution. Nous avons attendu trois signes de sa part, afin qu'il nous indique qui sera son successeur.

– Pourquoi trois signes ?

– Un Grand Élu doit incarner la Force, la Sagesse et la Beauté.

– Et les signes les avez-vous reçus ?

– Oui, mon fils. Alors que de nouveau tu étais accablé par le sort, par la pire des accusations, celle de l'assassinat de notre ami Ahmir, le destin a voulu que tu sois présent avant que les trois mauvais prêtres ne s'enfuient et avouent leur homicide.

– Je n'y ai pas prêté attention ce jour-là, mais j'ai ressenti une sensation troublante qui m'a poussé à rejoindre ces trois meurtriers.

– C'est la sagesse des dieux qui t'a guidé.

- Et quel fut le deuxième signe ?

Pharaon prend alors la parole.

- Lorsque vous êtes revenus avec le corps sans vie du premier des criminels que vous aviez vous-même anéanti.
- Je ne comprends pas, vous étiez sur le point de me punir d'un lourd châtiment que je méritais amplement.
- Non, mon cher Baagon, car à ce moment précis l'ensemble des personnes présentes se sont agenouillées pour demander ma clémence. Ils m'avouèrent plus tard qu'eux aussi, une Force semblait les y avoir aidés. Voici le deuxième signe.

Ay reprend à son tour la parole.

- Ta présence m'indique que Pharaon a reçu le troisième signe que nous espérions tous les deux, sinon tu ne serais pas ici parmi nous. Peux-tu me dire quel a été ce signe, Mosolan ?
- Ton fils a salué le jardin d'Ahmir, tel qu'il le faisait en son temps. Ceci est la Beauté.

Ay, d'un naturel plutôt austère, paraît radieux en écoutant Pharaon et comprenant que Baagon a bien été choisi par Ahmir.

- Je viens de découvrir, poursuit le Grand Prêtre en s'adressant à son père, qu'Ahmir était également ton ami.
- Oui, Baagon, nous étions tous les trois très liés, mais sache que nous le sommes toujours, nos âmes sont unies à jamais, même la mort ne pourra les séparer.
- Je me souviens, pourtant, que tu avais été accusé à tort du trafic d'Aduj. Pharaon, vous saviez que mon père était innocent, pourquoi l'avoir laissé malmener par Abif ?
- Abif n'a jamais été tenu au courant de l'existence de la confrérie. Il a donc mené son enquête en toute impartialité.
- Je connais le lien très fort qui vous uni au général et l'amitié indéfectible qu'il entretenait avec Ahmir, alors pourquoi ce n'est pas lui qui a été choisi pour entrer dans cette confrérie ?
- Abif est probablement l'homme le plus droit que je connaisse, il applique la règle de Maât à la perfection, mais son intérêt envers

les dieux n'est pas à la hauteur de ce que nous exigeons pour nous rejoindre. Ahmir en était conscient, et il savait qu'Abif nous serait plus utile à notre protection.

Mosolan s'approche de Baagon, lui met une main sur l'épaule.

—   Le jour où nous aurons besoin de lui, il sera temps de le tenir au courant, et je sais qu'il comprendra notre silence quant à la confrérie de Tantareret.

CHAPITRE 3 : LA CONFRÉRIE DE TANTARERET

Même jour, palais de Pharaon

— Baagon, nous allons vous révéler les détails sur l'histoire de notre groupe, mais avant il est important que nous obtenions de vous la plus grande discrétion sur ce que nous allons vous dire.

— Vous pouvez être certain que je garderai le mystère.

— Mon fils, pour sceller cet accord, nous allons te demander de prêter un serment solennel auprès de Maât.

Le vizir prend le bras de Baagon et l'amène près d'un autel de marbre sur lequel se trouve une représentation de la déesse, agenouillée, deux grandes ailes ouvertes dans le dos, d'une coudée de haut et en or massif. Les deux petits flambeaux qui l'entourent, forment des effets de lumière et donnent l'impression que la statuette est vivante.

— Approchez-vous de l'autel, Grand Prêtre, et prononcez votre serment, face à la déesse de la Justice !

— Je jure garder le silence sur ce qui va m'être révélé ! Que Maât m'en soit témoin !

L'engagement terminé, les trois hommes sortent discrètement de la pièce et retournent dans la grande salle donnant sur la terrasse privée du Palais.

– Nous allons maintenant t'expliquer l'histoire de la création de notre corporation.

Mosolan prend alors la parole et entame le récit.

– Tout commence, il y a près de deux millénaires, lorsque Pépi 1er[15] débute la construction du temple d'Hathor[16] sur le site de Tantareret. C'est dès cette époque que la confrérie est créée, l'une de ses principales actions sera de conserver un grand trésor, que le souverain paraît avoir découvert sur ce même lieu.

Pharaon fait signe d'un regard vers le vizir Ay qui poursuit à son tour.

– Depuis ces temps anciens, la tradition fut perpétuée et la confrérie comptera toujours trois hommes sans discontinuer durant de nombreuses années. Sauf pendant une période de près de 100 ans, où tout semble avoir été en sommeil.

Mosolan reprend la parole, et Baagon reste très attentif à toutes ces explications.

– Durant le mois de Phaophi[17] de l'année 20 du règne de Ramsès II, la Terre se mit en colère près du site de Tantareret. Le pharaon se trouvait alors dans le naos[18] du temple d'Hathor, accompagné par le vizir Paser[19] et le Grand Prêtre Nebouenenef[20]. Les

---

[15] Roi d'Égypte de la VIe dynastie qui connaît un long règne de -2289 à -2255

[16] Dans la mythologie égyptienne, Hathor est la déesse de l'amour, de la beauté, de la musique, de la maternité et de la joie.

[17] Second mois du calendrier nilotique (basé sur la crue du Nil). Ce mois correspond à août-septembre.

[18] Salle ultime de l'élément divin renfermant une statuette à l'image du dieu ou de la déesse.

[19] Paser est un haut fonctionnaire ayant servi sous Ramsès Ier puis sous Séthi. Il reste l'homme de confiance de Ramsès II qui le reconduit dans ses fonctions de vizir de Haute-Égypte.

[20] Grand Prêtre d'Amon sous Ramsès II.

tremblements eurent pour conséquence la mise à jour d'une cavité secrète dans le socle sur lequel se situait la statue de la déesse Hathor. Les trois hommes y découvrirent un ancien papyrus.

Ay poursuit.

– La première partie du papyrus raconte la manière dont le Trésor fut offert par les dieux à Pépi 1er. Il s'agirait du bien le plus précieux qui soit, celui qui explique la création du monde. Le pharaon acheva le domaine de Tantareret et y cacha le don divin, afin que nul ne puisse y accéder, à l'exception des trois plus fidèles et sages du royaume qui formeront la confrérie de Tantareret. La fin de cette première partie décrit le rituel d'admission aux secrets de l'ordre.

– C'est extraordinaire ! Et que dit la suite du texte ?

– La deuxième partie du papyrus est assez incompréhensible et mystérieuse. C'est justement sur cela que travaillait Ahmir, il avait pu déchiffrer qu'il s'agissait de la description de l'emplacement du Trésor, probablement dans une crypte secrète.

– Et malheureusement, il n'aura pas eu le temps d'achever ses recherches, précise Mosolan, les assassins ont eu raison de lui…

Les trois hommes restent un moment dans le silence, toujours meurtris par le cruel destin de leur ami. Puis le vizir Ay continue les explications sur le papyrus de Tantareret.

– Toutefois, il existe une troisième partie plus récente, datant de l'ère d'Amenhotep IV[21]. Le récit donne un éclairage sur les causes de la période de 100 années durant laquelle la confrérie fut en sommeil. En effet, le prêtre Maya, l'un des trois Grands Élus de l'époque, fut désigné par le pharaon Grand Prêtre de Karnak lors de l'an IV de son règne, mais dans le même temps Akhénaton, s'affubla d'un nouveau nom : Amenhotep, et

---

[21] Plus connu sous le nom d'Akhénaton (ou plus rarement Khounaton), il est le dixième pharaon de la XVIIIe dynastie. On situe son règne entre -1354 à -1338.

entama la disparition de celui d'Amon sur de nombreux lieux sacrés. Le point d'orgue fut la même année avec la célébration de sa première fête Sed, après quatre années de règne à la place des trente habituelles, et en dérogeant à une autre règle, celle du site de cette célébration, le Temple d'Aton au lieu de Karnak… Maya sentant le danger venir comprit rapidement que la prochaine étape serait la destruction du Trésor de Tantareret, c'est pourquoi il décida de cacher le papyrus sacré afin que personne ne puisse y accéder et éventuellement trouver le lieu du Trésor des dieux. La suite, tu la connais, mon fils, le calme et l'apaisement étant revenus, les dieux permirent à Ramsès II de redécouvrir le fameux Papyrus de Tantareret.

– Dois-je comprendre que le grand Ramsès a réveillé la confrérie ?
– Exactement, et la dernière partie du document date de son époque. La chaîne se poursuit sans discontinuer depuis mille ans. J'ai succédé à mon père, le pharaon Vaddi qui m'a légué ce médaillon, qu'il avait lui-même reçu de son père.
– J'étais déjà présent, complète Ay, ainsi que Cabulatin[22].

Baagon observe avec attention le médaillon en or ovale dans le centre duquel une petite amulette d'une forme étrange paraît tenir en équilibre.

– Aduj n'a jamais fait partie de la corporation ?
– Mon propre père ne l'a jamais voulu, il se méfiait énormément de son demi-frère. Le temps lui a donné raison…
– Vous souhaitez que je remplace Ahmir, est-ce à dire que personne n'a été admis depuis sa mort ?
– Mon fils, l'Isfet était trop présent, nous ne pouvions risquer de le faire entrer parmi nous.

Mosolan reprend la parole.

– Mon cher Baagon, je dois vous préciser autre chose. Dès le meurtre d'Ahmir, nous avons décidé qu'il fallait cacher le

---

[22] Ancien Grand Prêtre de Karnak dans Isfet et Maât

papyrus. Je me suis rendu personnellement dans ses appartements pendant qu'Abif interrogeait les premiers suspects. Je savais exactement où il entreposait le précieux texte. Nous avons résolu avec votre père qu'il devait rester dans un lieu tenu secret, tant que le troisième homme providentiel ne se serait pas manifesté par les trois signes qu'Ahmir nous aurait fait parvenir de l'au-delà.

- Baagon, tu connais maintenant toute l'histoire de notre confrérie, dès que nous t'aurons reçu comme tous nos prédécesseurs ont été admis, nous te dévoilerons le lieu où le papyrus de Tantareret se situe.
- Je vous remercie tous les deux pour la confiance que vous mettez en moi.
- Remercie Ahmir, mon fils.

En sortant du Palais, Baagon croise de nouveau Lia qui l'attend dans le jardin.
- Je suis désolée de t'avoir mis mal à l'aise, en présence de mon père.
- Ce n'est rien Lia.
- Tu sais que j'aimerai tant que nous n'ayons pas à nous cacher pour nous voir.
Elle s'approche de lui et saisit sa main droite.
- Je vais parler à mon père, Baagon…
- … fais attention, un garde pourrait nous surprendre. Je préférais lui en parler moi-même.
- Comme tu voudras, mais ne tardes pas, je ne supporte plus de lui mentir.

CHAPITRE 4 : ÉLECTION

An 35 de Mosolan, mois de Tybi[23], domaine de Karnak

Le général Abif traverse le Nil pour rejoindre l'embarcadère du Temple. Mosolan lui a confié une mission : aller chercher le Grand Prêtre Baagon, sans autre explication. Il se souvient de ce même trajet effectué quelques années auparavant, lorsqu'il était allé quérir Aduj afin qu'il se justifie sur sa fidélité controversée envers le royaume. Ce jour-là, Abif jubilait à l'idée d'humilier ce traître. C'est pourquoi l'ordre de Pharaon l'a inquiété dans un premier temps, Baagon est un ami loyal, mais son souverain l'a rassuré sur l'aspect cordial de cette convocation.

Le général reste toujours impressionné par la magnificence du site, toutes les fois qu'il se rend ici, c'est l'image de son camarade Ahmir qui lui revient en tête. Il se souvient des nombreuses balades autour des murs du domaine, les explications sur les hiéroglyphes inscrits sur les façades. Abif ne portait pas une immense attention aux dieux, seuls les hommes l'intéressaient réellement, mais il a appris beaucoup avec lui.

---

[23] Dans l'Égypte antique, Tybi qui signifie l'offrande est le cinquième mois du calendrier nilotique (basé sur la crue du Nil) et le premier mois de la saison de Peret.

Arrivé à la grande porte d'entrée du temple de Karnak, il se présente au jeune prêtre de garde qu'il ne connaît pas, ce dernier est intimidé par la carrure et la chevelure abondante du général.

–   Vous êtes nouveau sur le domaine de Karnak ?
–   Oui, que voulez-vous ?
–   Je suis le Général Abif.
–   Bon... bonjour général.
–   Bonjour, conduis-moi près du Grand Prêtre.

Contrairement à l'époque d'Aduj, Abif est escorté directement vers Baagon. Les deux hommes arrivent près de l'entrée de l'immense salle hypostyle, le général ne peut retenir un moment de tristesse en passant devant le lieu où le corps d'Ahmir a été retrouvé quelques mois auparavant. Les images lui reviennent telles des lances lui transperçant le cœur. En traversant la forêt de colonnes, il se remémore l'enquête douloureuse et compliquée pour identifier les assassins d'Ahmir, les remords qui le rongent encore d'avoir pu soupçonner Baagon... Mais en approchant du lac sacré, il rejoint son ami devenu le Grand Prêtre de Karnak et pense aux paroles, toujours emprentes de sagesse, d'Ahmir : « Maât rétablira toujours l'équilibre envers les justes. ».

Le jeune garde retourne à son poste et Abif s'avance lentement vers le groupe formé par Baagon et trois prêtres Ouêb[24]. Il semble leur donner une instruction, les quelques mots prononcés par le Grand Prêtre sonnent d'une manière familière aux oreilles d'Abif, il s'agit de l'allégorie de la jarre[25] qu'Ahmir aimait inculquer à tous les jeunes prêtres du domaine.

Baagon aperçoit le général et libère ses élèves.

–   Abif, heureux de te voir. Mais je n'attendais pas ta venue.
–   Bonjour, Baagon, je viens de la part de Pharaon, il souhaite ta présence au Palais au plus vite.
–   Rien de grave, j'espère.

---

[24] Autre nom donné au prêtre pur que l'on retrouve au bas de la hiérarchie sacerdotale.
[25] Voir Isfet et Maât

– Mosolan ne m'a rien dit, uniquement de te préciser : « Nous vous attendons tous les deux ». J'avoue ne pas bien avoir saisi le sens de cette phrase.

Baagon lui sourit.

– Merci, Abif, je crois qu'effectivement il n'y a rien de grave. Je te suis.

– Et j'imagine que tu ne vas pas me donner d'explications.

– Pharaon le fera peut-être, Abif, peut-être…

Sur le retour vers le palais, les deux hommes échangent des souvenirs joyeux sur leur ami commun, Ahmir, afin d'éviter d'aborder le sujet de la convocation de Pharaon. Arrivés de leur côté du Nil, une petite escorte les attend avec un char pour réaliser le chemin final vers le palais. La renommée de Baagon est importante dans la population, il a toujours impressionné par sa carrure atypique, et sa nomination comme Grand Prêtre de Karnak n'a fait qu'augmenter sa notoriété. Les habitants de Thèbes le saluent chaleureusement dès qu'ils l'aperçoivent.

Les deux hommes se dirigent maintenant à l'intérieur du palais, dans l'imposante salle de réception où les attend Mosolan.

– Bonjour Grand Prêtre, merci de vous êtes déplacé aussi rapidement.

– Bonjour Pharaon, je suis toujours à votre disposition.

Mosolan s'adresse alors à Abif et aux quelques gardes présents.

– Messieurs, vous pouvez nous laisser seuls.

Une fois tout le monde sorti, il demande à Baagon de le suivre. Ils se dirigent vers ses appartements privés afin d'accéder à la salle secrète où les y attend probablement le vizir Ay.

– Comme vous pouvez vous en douter, le jour de votre élection dans la confrérie de Tantareret est venu.

Mosolan se saisit d'une torche qu'il confie à Baagon, puis lui noue une corde autour de la taille.

– Mon frère, entre dans la salle et soit prudent.

Le ton intime que prend Pharaon indique au Grand Prêtre que la cérémonie a bien commencé et que c'est l'hiérophante[26], son frère des Grands Mystères qui s'adresse à lui.

Baagon actionne le mécanisme d'ouverture de la pièce secrète, tel qu'il l'avait vu faire par Mosolan. Il entre… l'obscurité est profonde, seule sa torche permet d'éclairer l'intérieur… soudain, il ressent une résistance sur la corde, puis une force le ramène vers la sortie.

Une voix se fait entendre dans la noirceur intense.

–   Grand Initié ! Prudence ! Tes yeux ne font que te montrer tes propres limites ! Regarde avec ton akh[27], et tu découvriras la voie de la Conception Suprême !

À ces mots, la corde se relâche et Baagon peut de nouveau franchir le seuil de la chambre secrète.

En entrant, Mosolan referme la porte cachée. L'obscurité devient plus importante, la seule source de lumière est la petite torche que Baagon tient dans sa main droite. L'hiérophante se place devant lui afin de lui indiquer le chemin en tirant sur la corde qu'il a toujours autour de la taille. Ils tournent sur la gauche et s'arrêtent.

La voix se fait de nouveau entendre.

–   Grand Initié ! Observe avec ton akh ! Le voyage que tu vas réaliser est le même que tous les Grands Élus de Tantareret ont suivi avant toi !

Un long silence s'installe, seul le crépitement du feu est audible. Puis la voix retentit.

–   Grand Initié ! Tourne-toi sur vers la gauche, le côté de ton cœur ! Observe avec ton akh !

Baagon s'exécute. La paroi qui paraissait nue la première fois qu'il est entré dans cette pièce laisse à présent apparaître quelques hiéroglyphes qui s'illuminent à la lueur de la torche. Il les reconnaît, il

---

[26] Prêtre qui initie aux mystères

[27] Ce mot est apparenté à une racine égyptienne qui signifie « lumineux ». Ce principe lumineux et immortel faisait partie des éléments invisibles de la personnalité. Il est lié au principe de puissance créatrice.

s'agit de ceux se trouvant sur les colonnes lors de sa réception aux Petits Mystères.

> – Grand Initié ! La première crypte est franchie ! Maintenant, médite !

De nouveau, le silence s'installe. Puis l'hiérophante dirige Baagon vers l'étape suivante.

Au total, onze cryptes allégoriques seront franchies, dans lesquelles les nombreux symboles que le Grand Prêtre rencontra durant les différentes cérémonies qu'il vécut des années auparavant, s'afficheront comme par magie sur les parois de la pièce secrète.

Après près d'une heure de cérémonie, le voyage se termine devant l'autel surmonté par la statuette représentant la déesse Maât, celle-là même auprès de laquelle Baagon avait prêté un serment quelques jours plus tôt.

> – Grand Initié ! Te voici arrivé au terme de ton voyage !

Le Grand Prêtre aperçoit la silhouette de son père à la lueur de sa torche. Au même moment, l'hiérophante ôte la corde qui retenait Baagon.

> – Allume de ta torche les flambeaux de Maât !

Il s'exécute, et de nouveau la déesse semble s'animer.

> – Afin de sceller notre union et accueillir le troisième Grand Élu de Tantareret, formons une chaîne !

Les trois hommes se prennent la main en constituant un cercle autour de l'autel. Baagon ressent à cet instant une énorme chaleur l'envahir.

> – Le cœur de l'homme est un don de Dieu, garde-toi de le négliger.

De nouveau, un long silence de méditation se met en place.

> – Maintenant mes frères, quittons la chaîne !

Dès que les mains se délient, un courant d'air puissant vient éteindre tous les flambeaux. La pénombre est totale… Ay et Mosolan attrapent Baagon par les épaules et le dirigent avec précipitation vers la sortie. Le nouveau Grand Élu est encore surpris par la situation.

- Ce que nous venons de vivre nous indique que nous devons en toute circonstance maintenir notre union, que rien ne doit pouvoir nous en éloigner.
- La Vérité de Maât unit ce que la mort ne peut séparer.

Tour à tour, les deux hommes font une accolade à Baagon et lui montrent leur gratitude.

Pharaon prend alors la parole.

- Baagon, la première règle des Grands Élus de Tantareret est que la hiérarchie n'a pas sa place. Lorsque nous sommes ensembles, nous ne formons qu'un. Nous ne nous appelons donc uniquement par nos noms. Maintenant que la confrérie est totalement reconstituée, je vais te révéler où le papyrus est caché.

Mosolan invite les deux hommes à l'accompagner sur la terrasse, et commence son récit.

- Nous avons décidé avec Ay que dès la mort d'Ahmir, le document devait se trouver en lieu sûr. Te souviens-tu de l'urne funéraire que j'ai spécialement fait construire pour accueillir le cœur de notre ami ?
- Oui, elle est magnifique.
- J'avais moi-même ajouté un fond complémentaire afin d'y insérer le papyrus de Tantareret.
- Je comprends ton geste, c'est le meilleur endroit qui soit, près du cœur d'Ahmir.

Ay s'approche de Pharaon et lui met une main sur l'épaule.

- Mosolan, tu dois lui parler de tes cauchemars.

Baagon est inquiet.

- L'Isfet n'a pas encore été totalement vaincu ?
- Depuis quelques jours, je retrouve les mêmes visions qui avaient précédé la mort d'Ahmir. Je crains que l'Isfet ne fasse de nouveau son apparition. Nous devons être prudent Baagon, très prudent.

CHAPITRE 5 : VOL DU PAPYRUS

An 36 de Mosolan, mois de Mésori[28], près du domaine de Karnak

La nuit est tombée, le silence du désert voisin est parfois interrompu par le cri d'un fennec attrapant une proie pour son repas nocturne. La voûte céleste scintille de mille étoiles. Trois silhouettes se faufilent discrètement pour atteindre la petite entrée gardée par deux soldats et éclairée par deux flambeaux.

L'un des individus qui semble être le chef fait signe aux deux autres que c'est le moment d'intervenir. Par un assaut aussi furtif que rapide, ils se jettent sur les deux gardes et les égorgent en un seul geste précis et mortel…

   – Mettez les corps à l'intérieur.

Ils déposent les dépouilles dans le monument funéraire, celui-là même d'Ahmir. En entrant, ils sont surpris par l'éclat du marbre blanc du sarcophage qui à la lueur des torches brille dans la pénombre.

   – Regardez-moi cette pyramide !

---

[28] Dans l'Égypte antique, Mésori, signifiant la naissance de Rê, est le douzième mois du calendrier nilotique (basé sur la crue du Nil). C'est le quatrième mois de la saison Chémou.

– Tais-toi, imbécile…

Le meneur, le plus petit et fluet des trois, demande au plus grand des deux autres de grimper sur le sarcophage et d'attraper l'urne posée au-dessus de la pyramide de marbre noir surmontant la tombe.

– Je suis trop court.
– Monte là-dessus, toi aussi, et soulève cet idiot qu'il me ramène cette fichue boîte.

Le complice plus rond que son camarade a des difficultés pour gravir le premier obstacle qu'est le sarcophage. Après un dernier effort, il parvient à monter, et hisse de la coudée manquante son acolyte.

– Dépêchez-vous…

Les deux hommes descendent promptement, et tendent l'urne à leur chef.

– Enfin… Mais ne restez pas à rien faire… Toi éclaire-moi et toi va t'assurer que personne n'approche…

Une dague est plantée dans la boîte, empêchant son ouverture. L'individu, après de nombreux essais, finit par ôter l'arme. Au même moment, le complice posté à l'extérieur rentre précipitamment.

– Il y a quelque chose d'anormal dehors.
– Qu'est-ce que tu racontes ?
– Il faut venir voir.
– Ce n'est pas possible, je ne peux vraiment compter sur personne. Toi reste ici et ouvre-moi cette urne.

En franchissant la porte du petit mausolée, il est surpris de découvrir un couple d'ibis qui semble surveiller l'entrée du tombeau.

– Tu ne m'as tout de même pas dérangé pour deux volatiles ?
– Mais, mais, il fait nuit…
– … Certes, c'est étrange… Tue-les !
– Mais, ce sont des oiseaux sacrés.

Le troisième complice sort brusquement, la boîte ouverte en main. Le chef la saisit et soulève la petite trappe secrète dans laquelle se trouve le papyrus de Tantareret. Au même instant, les deux ibis reprennent leur envol.

– Voilà enfin le trésor des Grands Élus de Tantareret est bientôt à nous.

Soudain, l'un des ibis revient et tente d'attraper le papyrus.

– Faites quelque chose, tuez-le !

Tour à tour, les oiseaux plongent sur les hommes, sans relâche. Les profanateurs réussissent à échapper aux attaques en subissant quelques blessures, et après quelques minutes de combat, les volatiles disparaissent dans la nuit sans avoir pu s'emparer du précieux trésor.

– Maintenant, filons.

Les trois complices reprennent le même char qu'à l'aller et détalent vers leur repère dans le désert.

– À notre retour, tu iras abattre cet ivrogne d'artisan qui nous a donné l'information.

– Que faisons-nous de la prisonnière, son épouse ?

– Nous ne devons laisser aucune trace…

Au même instant, dans le palais royal, Mosolan se réveille en sursaut et en sueur.

– Non ! Pas encore !

– Mosolan, Mosolan ! Que t'arrive-t-il ?

Pharaon reprend lentement ses esprits, se lève et se dirige vers la terrasse pour s'aérer.

– Mosolan, où vas-tu ?

Aucun son ne peut sortir de la bouche du souverain, Neferi, son épouse est très inquiète. Elle se lève à son tour en revêtant une robe légère qui laisse apparaître ses formes toujours aussi somptueuses malgré son grand âge. Elle rejoint son époux et l'enlace afin de le rassurer.

– Encore tes cauchemars ?

– Oui, mais… mais, cette fois… c'était plus intense.

- Qu'as-tu vu ?
- Ahmir, Neferi, Ahmir !
- Explique-moi.
- J'ai vu mon ami qui tentait d'empêcher des hommes en assassiner d'autres... c'était horrible, il était impuissant... il ne parvenait pas à les stopper.
- Crois-tu que cela puisse être un message d'Ahmir ?
- C'était tellement réel, Neferi... et puis... j'ai bien reconnu le lieu de ces crimes...

Pharaon s'arrête net, très perturbé par ce qu'il a ressenti.
- Quel est ce lieu, Mosolan ?
- ... son tombeau...

Malheureusement quelques heures plus tard les prémonitions de Pharaon vont prendre forme, lorsqu'Abif vient voir en urgence son souverain.
- Pharaon, un drame, un effroyable drame !

Le général aperçoit le visage fatigué de Mosolan, et l'inquiétude qui s'empare de lui.
- Explique-moi ce qu'il se passe.
- Le mausolée d'Ahmir a été profané !

À cette annonce, Mosolan s'écroule sur la chaise en acacia près de lui.
- Ça recommence...
- ... Pharaon ?
- Abif, j'ai fait un terrible cauchemar cette nuit. Ahmir tentait d'empêcher l'assassinat de plusieurs hommes, et cela se déroulait dans son tombeau...

Le général ouvre de grands yeux d'étonnement et de stupéfaction.
- Malheureusement, vos visions étaient prémonitoires...
- ... que veux-tu dire ?
- Ce matin, la relève a découvert les corps sans vie des deux gardes en faction devant le tombeau d'Ahmir.

- Qu'ont-ils profané ?
- Ils ont décroché l'urne et l'ont ouverte…
- … le papyrus !
- Quel papyrus ?
- Nous devons nous rendre sur place, fais prévenir le Grand Prêtre qu'il nous y rejoigne. Je t'expliquerais quelques éléments sur le chemin.

Très rapidement, le char de Pharaon et une escorte sont préparés et se dirigent vers le mausolée d'Ahmir, tout proche du domaine de Karnak.
- Vous parliez d'un papyrus, de quoi s'agit-il ?
- Je ne peux pas t'en révéler beaucoup pour l'instant, mais sache qu'il est de la plus haute importance et qu'il va falloir le retrouver au plus vite.
- Mais que faisait-il dans le tombeau d'Ahmir ?
- C'était le lieu qui me semblait le plus sûr… je vois que je me suis trompé.
- Qui était au courant de son existence ?
- Je ne peux pas te donner leurs noms pour le moment, mais fais-moi confiance, ils n'y sont pour rien. Nous allons devoir trouver une autre piste.

Le cortège arrive sur place en même temps que le Grand Prêtre de Karnak.

Mosolan et Baagon échangent un regard et à la vue de la porte du mausolée fracturée manquent de s'effondrer. Ils avancent ensemble à l'intérieur et découvrent, sur le sol, l'urne en ébène ouverte.

Un sentiment de tristesse et de colère se mêle dans les esprits des trois hommes.
- Mais qu'ont-ils fait ?
- Je vous assure, Grand Prêtre, que nous allons tout mettre en œuvre pour retrouver les profanateurs.
- Je le sais Pharaon.

- J'ai demandé à Abif de s'occuper de cette affaire.
- Si tu as le moindre besoin, tu peux compter sur moi Abif.
- Où sont les corps des deux gardes ?
- Nous les avons transportés chez le médecin du domaine. Mais j'aimerais vous montrer quelque chose d'étrange.

Les deux hommes suivent le général à l'extérieur. En sortant, ils observent sur le toit du mausolée un couple d'ibis blancs qui semblent ne pas vouloir quitter les lieux, malgré la présence de tous ces humains.

- Je crois qu'Ahmir m'aurait dit qu'il s'agit d'un signe des dieux.
- Tu as raison, Abif. Il s'agit bien là d'un présage... espérons positif ; les dieux sont avec nous.

Pharaon et le Grand Prêtre s'isolent un instant pour parler de la situation.

- Mosolan, ne crois-tu pas que nous devrions mettre au courant Abif sur la confrérie de Tantareret ?
- Laissons-le pour le moment se concentrer sur les deux meurtres. Les assassins sont également les profanateurs. Mais je suis d'accord avec toi... bientôt, nous devrons tout lui révéler.

CHAPITRE 6 : OUATOU

Un peu plus tard, palais de Pharaon

Le chemin de retour vers Thèbes se fait en silence, Mosolan et Baagon sont toujours sous le choc de ce qu'ils ont vu.

De retour au palais, les deux hommes se dirigent vers la salle secrète où les attend le vizir Ay. Le Grand Prêtre prend enfin la parole.

- Comment mon père a-t-il fait pour nous rejoindre sans être aperçu par les gardes ?
- Il existe une porte dérobée qui mène vers l'extérieur.

Ils franchissent l'armoire et retrouvent le vizir à l'intérieur de la pièce.

- Que c'est-il passé ?
- J'ai fait un cauchemar plus fort que les précédents, la nuit dernière… et il s'est réalisé…
- Ton messager m'a transmis que vous étiez allé sur le tombeau d'Ahmir, y a-t-il un rapport avec tes visions ?
- Précisément Ay, précisément. La sépulture de notre ami a été profanée.
- Que dis-tu !

Le vizir s'effondre et se retient à l'autel de Maât.

- Les deux gardes en faction ont été lâchement égorgés, les assassins se sont introduits dans le mausolée, ont détaché l'urne de la pyramide de marbre noir et l'ont ouverte...
- ... ils... ils se sont emparés du papyrus ?
- Malheureusement oui.
- Et son cœur ?
- Ils n'y ont pas touché.
- As-tu mis au courant Abif sur la teneur du document ?
- Pas pour le moment, je l'ai chargé de retrouver les meurtriers qui sont aussi les voleurs.

Pendant un court instant, le vizir reste silencieux, probablement sous le choc de ce qu'il vient d'apprendre, puis intervient de nouveau.

- Les Ouatou[29] !
- Les Ouatou ? interroge Baagon.
- Mais bien sûr, Ay, tu as raison...
- ... l'un d'entre vous pourrait-il m'éclairer ?

Le vizir reprend la parole.

- Il s'agit d'un groupe dont les origines remontent vraisemblablement à l'époque de Pépi 1er. Leur but est de renverser Pharaon pour prendre sa place et instaurer leur propre doctrine. Mais pour cela, ils doivent s'emparer des secrets de Tantareret.
- Et aujourd'hui, ils ont le papyrus qui pourrait les y mener...
- J'avais entendu l'histoire de l'une des reines du harem de Pépi 1er, Ouéret-Yamtès[30] qui avait mis au point une conspiration contre le souverain.
- C'est bien elle, Baagon, qui est à l'origine de la création des Ouatou...
- Akhénaton était-il proche de ces conspirateurs ?

---

[29] Conspirateurs (ne prend pas de s au pluriel, Ouatou est le pluriel).
[30] Une des épouses de Pépi 1er et probablement la mère de Mérenrê 1er.

– C'est possible, mais heureusement, il n'a jamais eu accès au papyrus de Tantareret.

Soudainement, le visage de Mosolan se crispe, il ressent une douleur au ventre qui le plie en deux.

– Mosolan !

– Ce n'est rien, j'ai dû manger quelque chose que je n'arrive pas à digérer.

Ils sortent tous les trois de la pièce secrète, et Pharaon en profite pour avaler un grand verre de lait de chèvre. Et lentement, la souffrance semble s'estomper.

– Cela va déjà beaucoup mieux.

– Je t'en prie Mosolan, tu dois consulter ton médecin personnel, insiste le vizir Ay.

– Je te le promets, mais je suis certain qu'il n'y a pas de quoi s'alarmer.

Soudain, une voix retentit à l'entrée des appartements de Mosolan.

– Pharaon ! Nous avons découvert…

Abif s'arrête net, surpris de voir le vizir.

– Ay ? Personne ne m'a prévenu que vous étiez entré au palais.

Un long silence s'installe, les regards se croisent, l'inquiétude se lit dans les yeux du vizir, puis Pharaon prend la parole.

– C'est normal, Abif. Nous avons rencontré le vizir en arrivant, alors que tu allais donner tes ordres. Je l'ai donc moi-même fait entrer.

– Je comprends mieux… mais les gardes auraient dû m'en informer.

Les trois hommes ressentent bien dans le ton employé par Abif qu'il n'est pas convaincu par cette réponse.

– Qu'as-tu découvert ?

– Oui… des sentinelles ont été interpellées ce matin par un individu qui ne comprenait pas que son ami artisan, avec qui il avait rendez-vous, ne soit pas encore arrivé.

– En quoi cela est-il si important ?

- L'individu a fortement insisté auprès des soldats, car l'épouse de cet artisan avait déjà disparu depuis quelques jours. Ils se sont alors tous rendus chez l'homme en question et ont découvert les corps du couple… égorgés.
- Cela ne s'arrêtera-t-il donc pas ? Peste Pharaon.
- Il s'agit peut-être d'une coïncidence, mais le mode opératoire est identique à celui utilisé pour le meurtre de nos deux gardes.
- Quand l'Isfet commence à frapper, le hasard n'est plus.

Mosolan réfléchit un court moment et interroge Abif.

- Quel est le nom de cet artisan ?
- Il s'agit d'Adon le menuisier… celui-là même qui a fabriqué l'urne d'Ahmir…
- … tu as raison, Abif, il ne peut pas s'agir d'une coïncidence.

Le général fixe un instant les trois hommes.

- Qui y avait-il de si important dans cette urne ?
- Le cœur momifié de notre ami, Abif, lui répond Baagon.
- Ils n'y ont pas touché… mais… je voulais parler de ce fameux papyrus.

Le vizir et le Grand Prêtre se tournent vers Mosolan, attendant une réponse… la réponse qu'attend Abif.

- Nous devons le lui dire, Pharaon.
- Me dire quoi ?
- Je te promets de te révéler personnellement le motif premier de ces assassins… très prochainement. Mais pour l'instant, je te demande de poursuivre la piste des meurtriers d'Adon et de son épouse, elle te mènera obligatoirement vers les profanateurs du tombeau d'Ahmir.
- Comme il vous plaira.

Abif quitte les trois hommes en promettant de leur ramener les criminels.

- Pourquoi ne pas lui avoir parlé du contenu du document ? interroge Baagon.

- J'ai une confiance sans failles en lui, mais la révélation de notre secret engendre de grandes responsabilités que je ne veux pas lui imposer tant que cela ne sera pas utile.
- Pourtant Mosolan, nous connaissons le nom du groupe des profanateurs. Abif doit être tenu au courant.
- Je suis du même avis que Baagon, et nous savons tous les trois qu'Abif est probablement l'homme le plus droit du royaume.

Pharaon garde le silence pendant que les arguments lui sont opposés.

- Mes frères, vous avez vraisemblablement raison. Je vous propose que nous allions sur le site de Tantareret demain, nous interrogerons les dieux et nous aviserons.

Baagon et Ay acquiescent. Puis Mosolan se tient de nouveau le ventre ; une douleur vient de le surprendre.

- Tu dois aller voir ton médecin !
- Baagon à raison, je vais le chercher…
- … Inutile, il est en ville. Je vous promets de le consulter à son retour.

PARTIE 2

TANTARERET

Que vive l'Horus femelle, la jeune, la fille de Hak (Seb), Isis la grande
mère, celle qui est née à Tantareret à la nuit de l'enfant dans son
berceau, à l'ouest du temple de Tantareret

Temple de la naissance d'Isis à Tantareret

CHAPITRE 7 : LA DÉCOUVERTE DE TANTARERET

Le lendemain, domaine de Tantareret

Dès les premières lueurs du Soleil, Pharaon, le vizir Ay et le Grand Prêtre Baagon sont partis pour une visite du site de Tantareret. Ils sont accompagnés d'une escorte de soixante soldats. Malgré son insistance, Abif est resté sur Thèbes, Mosolan l'a convaincu qu'il était plus important de poursuivre son enquête sur la piste des meurtriers du couple d'artisans et des deux gardes.

Le voyage durera quatre heures, l'ambiance est pesante, Ay et Baagon sont inquiets sur la santé de Mosolan, son médecin personnel n'a pu lui donner un pronostic sur ces douleurs abdominales pour le moment.

L'imposant convoi approche de sa destination, les premières pierres du site apparaissent enfin. Même si le domaine est plus petit que celui de Karnak, Baagon ressent une énergie aussi forte que celle qui l'envahit lorsqu'il franchit les portes du Temple dont il est le Grand Prêtre.

Alors que les chars s'arrêtent devant l'entrée principale du domaine de Tantareret, un couple d'ibis blancs qui semble avoir suivi le convoi de puis Thèbes, se pose à quelques pas. Un large sourire illumine enfin le visage des trois Grands Élus.

– Les dieux sont avec nous mes frères, affirme discrètement Pharaon.

Alors que chacun met un pied à terre, une minuscule délégation s'approche du convoi. À sa tête, un petit homme trapu arrive à la hauteur de Mosolan, sa pardalide rituélique ne laisse aucun doute sur son identité.

– Heureux de vous accueillir sur le domaine de Tantareret, Pharaon.

– Merci à vous, Grand Prêtre Mahaban. Vous connaissez déjà le vizir Ay, je vous présente le Grand Prêtre de Karnak.

Il se dirige vers Baagon afin de le saluer chaleureusement, mais arrivé à sa hauteur, il est impressionné par la stature de son homologue qui le dépasse d'une coudée.

– Heureux de vous voir, Grand Prêtre, vôtre… votre réputation vous précède, j'ai beaucoup d'admiration pour votre parcours.

– Je vous en prie Mahaban, mon ami Ahmir vous aurait probablement dit qu'il ne faut jamais écouter au travers de l'oreille d'un autre.

– Vous avez raison, il le disait souvent. Je dois vous avouer qu'il me manque énormément.

– À nous aussi, Mahaban, à nous aussi.

Le Grand Prêtre de Tantareret invite les trois hommes à le suivre à l'intérieur du domaine afin de visiter le site.

Certes, le temple est plus petit que celui de Karnak, mais Baagon est émerveillé par la beauté des différentes représentations gravées sur les murs et les colonnes de granit. Comme à son habitude, il vient poser régulièrement ses immenses mains sur la pierre, afin de ressentir l'énergie qu'elle dégage. Les images d'Hathor[31] portant le Soleil entre ses cornes au-dessus de la tête sont nombreuses et magnifiques.

Alors que le groupe se déplace vers le Lac sacré situé au sud-ouest du domaine, le couple d'ibis blanc atterrit au milieu de l'étendue d'eau, puis quelques secondes plus tard, reprend son envol et vient s'arrêter devant l'entrée principale du temple d'Hathor.

– C'est tout de même étrange de voir ces oiseaux ici.

– Je pense que nous sommes invités à visiter l'intérieur, mon cher Mahaban.

Le Grand Prêtre est surpris par cette affirmation et surtout par la présence des volatiles.

– Euh, oui, oui, bien sûr… Suivez-moi.

En entrant dans la grande cour intérieure, Baagon aperçoit la salle hypostyle, majestueuse avec ses grandes colonnes et son plafond décoré de mille couleurs. La beauté du lieu n'a rien à envier à Karnak ou Louqsor.

La suite de la visite se déroule sans un mot, personne n'osant déranger le Grand Prêtre dans sa marche, une main toujours posée contre la pierre.

Au bout de quelques minutes, Mosolan brise le silence.

– Mon cher Mahaban, pourriez-vous montrer à Baagon, la magnifique représentation d'Harsomtous[32] dans la crypte du sud ?

Il semble surpris par cette requête, mais s'exécute.

– Bien entendu Pharaon, veuillez me suivre.

Baagon s'adresse discrètement à Mosolan.

---

[31] Dans la mythologie égyptienne, Hathor (du grec ancien Ἀθώρ / Háthôr signifiant « Maison d'Horus ».) est la déesse de l'amour, de la beauté, de la musique, de la maternité et de la joie. C'est à l'origine une déesse céleste confondue avec Nout. Rê remplace Shou en tant que père de Geb et Nout.

[32] Harsomtous (Horus qui unit les deux Terres) est un dieu de la mythologie égyptienne. Fils d'Hathor et d'Horus d'Edfou, il est célébré lors des rites agraires et des fêtes lunaires.

- Tu ne m'avais pas parlé de crypte, combien y en a-t-il ?
- Nous en avons dénombré onze.
- Alors pourquoi celle-ci en particulier ?
- Ahmir y passait beaucoup de temps, d'après lui elle était la clef de l'énigme du papyrus.

Le petit groupe franchit les quelques marches menant à cette première crypte, ils ne sont accompagnés par aucun soldat, seules les autorités religieuses y ont accès, ainsi qu'Ay qui par son statut de vizir symbolise la justice de Maât.

Arrivé devant cette représentation, Baagon est subjugué par la beauté et les détails allégoriques. Les serpents dans des fleurs de lotus, dont l'une est supportée par le pilier Djed. Cette fresque est probablement très ancienne, se dit Baagon. Le Dieu Serpent étant l'un des cultes les plus reculés datant de l'époque de Pépi 1er.

- Saviez-vous qu'Ahmir aimait passer du temps devant cette œuvre ?
- J'aurais souhaité en faire une reproduction. Auriez-vous un morceau de papyrus et une calabre à me fournir ?
- Je pense avoir beaucoup mieux que cela, mon cher Baagon.
- Que voulez-vous dire ?
- Ahmir avait lui-même déjà commencé ce dessin, et il se trouve qu'il m'avait demandé de le lui garder. Malheureusement, il n'a

pas eu le temps de l'achever, répond d'un air triste le Grand Prêtre des lieux.

Mosolan prend la parole d'un air martial.

— Donnez-nous ce papyrus, Mahaban.

— Bien… bien entendu, Pharaon.

Le groupe se dirige vers la sortie, puis vers les appartements du Grand Prêtre de Tantareret. En entrant dans la demeure, chacun se rend compte qu'elle est richement décorée contrairement à celle de Baagon.

Mahaban ouvre un magnifique coffret en acacia orné de deux scarabées bleus.

— Voici le précieux document, vous constaterez que je me suis permis de le terminer, en mémoire de notre défunt ami.

— Un grand merci, Mahaban. Ahmir aurait été fier de vous.

— Je vous en prie, Pharaon. Mais pourriez-vous m'expliquer pourquoi cette fresque le fascinait au point de la reproduire ?

— Il se fait tard, si nous voulons rentrer avant la nuit, nous devons partir maintenant.

Mahaban, n'insiste pas pour obtenir une réponse de Mosolan, mais il paraît tout de même troublé que sa question soit éludée de la sorte.

— Je vous raccompagne jusqu'à la sortie...

— … Inutile, Grand Prêtre. Nous vous avons déjà pris beaucoup de votre temps, et nous vous remercions pour votre chaleureux accueil.

Mahaban salue la délégation qui se dirige vers l'entrée du domaine.

— Crois-tu qu'Ahmir ait entretenu Mahaban sur le papyrus de Tantareret ?

— Je suis certain que non. Mais il est normal qu'il s'interroge sur la reproduction de la fresque.

— Tu penses que des réponses se trouvent sur ce dessin ?

— Assurément, et Ahmir avait découvert ses réponses. À ton tour, Baagon, de décrypter le message caché.

Conscient du danger que représente le vol du papyrus de Tantareret, Pharaon demande à cinquante soldats qui l'accompagnaient de rester sur le domaine afin d'assurer une protection accrue. En apercevant la scène, Mahaban accourt auprès de son souverain.

- Que se passe-t-il, Pharaon ? Pourquoi tous ces hommes ne repartent-ils pas avec vous ?
- Nous redoutons qu'après s'être attaqués à la dernière demeure d'Ahmir, les mécréants s'en prennent aux autres lieux sacrés qu'il fréquentait.
- Je comprends, mais ne craignez-vous pas pour votre propre sécurité avec cette escorte diminuée, sur le chemin vers Thèbes ?

Au même moment, le couple d'ibis reprend son envol au-dessus de la délégation.

- Les dieux sont avec nous, Mahaban. Nous ne risquons rien.

Tout au long du voyage de retour, Ay et Baagon aperçoivent des signes de rictus sur le visage de Mosolan… il semble souffrir le martyre.

Les deux hommes profitent d'un arrêt du convoi pour s'enquérir de sa santé.

- Mosolan, nous avons bien vu que tu tenais le ventre, tu nous as l'air bien mal en point.
- Je vous assure que je peux supporter la douleur.
- Je sens bien que tu nous caches quelque chose…
- … non Baagon, tout va bien…aaah !

Une souffrance intense vient de surprendre Pharaon qui se plie en deux.

- Apportez-moi un verre de lait.

Une fois le breuvage absorbé, Mosolan reprend un peu de couleur.

- Nous allons bivouaquer ici, nous ne pouvons pas t'imposer un plus long trajet.
- Je vous assure que je serais plus en sécurité au palais, près de mon médecin, et il ne nous reste plus que deux heures de route… ça devrait aller.

- Tu as probablement raison, mais que t'a dit exactement Bakaa ?
- Il n'a pas su formuler ce qu'il m'arrivait, mais qu'il soupçonnait un problème d'alimentation. Il a sans doute passé toute la journée à vérifier les réserves de nourriture du palais.

Il faudra plusieurs minutes avant que Mosolan ne paraisse totalement remis. Baagon l'isole un moment, il souhaite lui parler de Lia.

- Mosolan, je voudrais m'entretenir de quelque chose avec toi.
- Je t'écoute, mon frère.
- C'est assez délicat, et je comprendrais que notre relation en pâtisse…
- … je t'arrête, Baagon. Rien ne saurait entamer notre amitié.
- Je te remercie pour ta confiance, mais il s'agit de Lia.
- Enfin !
- Comment cela, enfin ?
- J'ai bien observé les changements dans l'attitude de ma fille depuis des semaines, elle est joyeuse et radieuse, et je vois également que vous êtes tous les deux mal à l'aise en ma présence.
- Nous nous aimons, Mosolan.
- Je le sais, et j'en suis très ravi. Lia ne pouvait trouver meilleur compagnon.

Le visage de Baagon s'illumine.

- Merci, Mosolan.
- Ne me remercie pas, je ne te demanderais qu'une chose : soyez heureux.

Le convoi a repris le chemin du retour, et quelques heures plus tard, Pharaon est de retour au palais, son médecin personnel l'accueil… la mine grave.

- Je t'écoute Bakaa, ton verdict.

Le vieil homme était déjà au service de Vaddi, le père de Mosolan. Il a beaucoup d'affection pour son souverain qu'il considère un peu comme son fils. Malgré un âge très avancé, il a encore beaucoup d'énergie.

- Tu as été empoissonné, Mosolan…

- … que dis-tu Bakaa ?

La reine Neferi qui attendait également le retour de son époux vient d'entendre le terrible diagnostic. Elle s'approche de Mosolan et l'enlace tendrement.

- Qu'as-tu trouvé exactement, Bakaa ?

- La jarre de ton vin personnel a été empoisonnée. J'ai de suite informé Abif qui recherche le coupable.

- Merci, mais dis-moi la stricte vérité. Sais-tu soigner ce mal ?

- Non… Mais j'utiliserai le dernier de mes souffles pour découvrir un remède. En attendant, je t'ai préparé un breuvage qui soulagera momentanément la douleur.

- Tant que tu n'auras pas trouvé de solution, je ne veux pas que qui ce soit apprenne la nouvelle.

Neferi enlace fortement son époux, quelques larmes coulent sur ses joues.

- Ne t'en fais pas. Je suis certain qu'à nouveau nous vaincrons l'Isfet et que le royaume de la Haute et Basse-Égypte sortira de tout ceci grandi.

CHAPITRE 8 : QUESTIONNEMENT

Le lendemain, palais de Pharaon

Le breuvage préparé par Bakaa semble soulager quelque peu les douleurs de Mosolan, il a enfin passé une nuit complète à dormir. Il profite des premiers rayons du Soleil sur sa terrasse privée à observer le jardin du palais. Dans son esprit règne le mince espoir d'y voir son ami Ahmir se promener dans les allées, parmi les roses qu'il aimait tant venir sentir.

– Il te manque ?

– Euh… oui. Je ne t'avais pas entendu arriver, ma douce Neferi.

– Il manque à beaucoup de monde.

– J'aurai tant besoin de lui dans ses moments difficiles. Je suis certain que dans l'au-delà, il cherche à nous envoyer des signes.

– Votre visite à Tantareret a-t-elle été fructueuse ?

– Oui, et je fais confiance à Baagon pour retrouver les indices semés par Ahmir.

Au même moment, un garde vient prévenir Pharaon de l'arrivée du vizir et du Grand Prêtre de Karnak. Neferi laisse son époux seul avec les deux hommes.

— Faites-les entrer.

Les deux Grands Élus s'approchent de Mosolan et s'enquièrent de suite de sa santé.

— Comment vas-tu, Mosolan ? Que t'a dit ton médecin ?

— Je vous dois la vérité, mes frères.

— C'est plus grave que nous ne pouvions l'espérer ? s'inquiète Baagon.

— Bakaa a repéré que j'avais été empoisonné, mais pour le moment, il est incapable de trouver un remède.

— Mais… mais, tu ne m'as pas l'air de souffrir… aujourd'hui.

— Il a découvert un moyen de soulager la douleur temporairement.

— A-t-il un espoir de…

— … Je t'en pris Ay. Laissons Bakaa faire son travail, nous avons pour l'instant quelque chose de bien plus important à régler.

Ces quelques mots ne rassurent pas les deux hommes, mais ils n'ont pas l'intention d'aller à l'encontre de la décision de leur Pharaon.

— Crois-tu qu'Amarbi, Kerstin et Toufert[33] aient été en relation avec les Ouatou ? Demande Baagon.

— Je ne le pense pas ; ils ont avoué leur crime et seuls l'ignorance, l'ambition et le fanatisme les animaient.

— Abif devrait pouvoir retrouver les coupables avec les meurtres qu'ils ont commis et ton empoisonnement ; ils ont forcément laissé des indices qu'il saura exploiter.

— Baagon a raison, Mosolan. Et nous devons aider Abif dans son enquête, il doit être tenu au courant pour la confrérie, le papyrus et les Ouatou. C'est un homme dans lequel nous avons tous les trois une grande confiance.

---

[33] Trois prêtres de l'intrigue dans Isfet et Maât

- J'en suis arrivé à la même conclusion, mes frères. Je lui ai demandé de nous rejoindre, il ne devrait plus tarder.

Effectivement, quelques minutes plus tard, le général fait son apparition. Il paraît surpris de découvrir de nouveau les trois hommes ensemble.

- Bonjour Pharaon.
- Bonjour Abif.
- Ay, Baagon.
- Heureux de te voir, Abif.
- Qu'as-tu trouvé ? Relance Mosolan.
- Et bien, j'ai fait examiner les blessures par un médecin de Thèbes. Sa conclusion est claire : il s'agit de la même arme et du même meurtrier pour le crime des deux gardes et du couple d'artisans. Mes différents espions sont répartis dans l'ensemble du nome afin de récolter le moindre indice, la moindre information.
- Merci, Abif. Je crois qu'il est temps, maintenant, que nous te révélions la totale vérité.
- Si cela peut aider à l'enquête, j'en serais ravi.
- Je vais te donner les raisons de ces crimes et surtout de cette profanation. Mais, auparavant, nous devons te demander de prêter serment de ne rien divulguer de ce que nous allons t'entretenir.
- Au nom de Maât, je le jure !

Les trois Grands Élus sont surpris par la promptitude de la réponse d'Abif, lui qui semblait bien loin de tout ce cérémonial, il y a encore quelques années.

Le serment prit, ils expliquent en détail l'existence et l'histoire de leur confrérie. Abif écoute avec attention la raison profonde de la profanation du mausolée d'Ahmir et du papyrus de Tantareret caché dans l'urne, volé par les fameux Ouatou.

- Je vous remercie pour la confiance que vous me faites. Je sais le grand sacrifice que cela représente.

- Il nous est apparu obligatoire de t'entretenir sur la vérité. Espérons que tout ceci te permette d'avancer rapidement dans ton enquête.
- J'en suis convaincu.
  Concernant les Ouatou, avez-vous quelques soupçons sur des individus qui pourraient y appartenir ou en être proches ?
- Malheureusement non, Abif. Nous savons t'assurer qu'aucun de nous trois ni la reine ne sont de ses mécréants.
- J'en suis intimement persuadé.
- N'as-tu pas trouvé quelque chose concernant l'empoisonnement du vin de Mosolan ? Lui demande Baagon.
- Rien de concluant pour l'instant. Je connais l'ensemble du personnel du palais, je les ai tous enquêté, avant que chacun d'entre eux n'ait été affecté ici.
- Et le fournisseur de vin ? Relance le vizir Ay.
- Je dois l'interroger dans l'après-midi.

Soudain, Mosolan a un mouvement de recul et se tord de douleur.

- Pharaon ! Abif se précipite vers son souverain.

Il se saisit de la petite fiole que lui a prescrite son médecin, l'avale d'une traite et s'assied lourdement.

Les trois hommes regardent la scène, impuissants. Au bout de quelques minutes, Mosolan reprend un peu de couleur, le breuvage semble faire son effet.

- Dites-moi la vérité, que vous a déclaré exactement Bakaa ?
- Tu dois lui dire, Mosolan. Insiste Ay.
- Me dire quoi ?
- Bakaa ne connaît pas le remède pour me soigner.
- Mais... mais, ce que vous avez bu...
- ... ce n'est que pour faire passer la souffrance.

Chacun essaye de faire bonne figure face à la situation. Abif sait qu'il ne faut plus perdre de temps et reprend la parole.

- Je suis intimement convaincu qu'un notable est à la tête de cette organisation et je trouvais de qui il s'agit.

- Je crains que tu aies raison. Affirme Baagon.
- Et aurais-tu des suspects en vue ? Interroge Ay.
- Pas pour le moment, mais je peux d'ores et déjà retirer en plus de vos noms celui du directeur des Greniers.
- Je suis de ton avis, Menothep est probablement au-dessus de tout soupçon. Mais comment peux-tu en être certain ? Lui demande Mosolan.
- Nous dînions ensemble, le soir de la profanation, et nous avons passé une bonne partie de la nuit à jouer au zenet[34].
- De ton côté, Baagon, as-tu commencé à étudier la reproduction de la fresque ?
- C'est une œuvre magnifique, les symboles sont nombreux. Je comprends pourquoi elle fascinait Ahmir. Malheureusement, je n'ai pas encore trouvé un lien avec le papyrus de Tantareret.

Abif quitte les trois hommes afin de poursuivre son enquête. Ay décide de rester avec Mosolan pour s'assurer que ses douleurs ne s'empirent. Avant de partir, Baagon prend son père en aparté.

- Je suis très inquiet pour la santé de notre frère.
- Moi aussi, mon fils, mais que pouvons nous faire ?
- Je crois qu'un médecin que nous connaissons bien pourrait aider Mosolan.
- Certes, mais je crains que son passif ne soit en sa défaveur...

---

[34] Le zenet est le jeu le plus connu de l'Égypte antique. C'est le jeu de table le plus pratiqué par les anciens Égyptiens du Nouvel Empire et des époques qui suivirent.

CHAPITRE 9 : LA PISTE KAR

Thèbes

Abif, accompagné de cinq soldats, déambule rapidement dans les petites rues de Thèbes. Ces pensées vont en direction d'Ahmir ; il se souvient de ces promenades dans ces mêmes ruelles quelques années auparavant. La moindre modeste échoppe, la moindre odeur le ramène à ces moments intimes et intenses ; j'ai besoin de ta clairvoyance, se dit intérieurement Abif. Soudain, il croise une vieille connaissance, un mendiant qu'ils avaient, avec Ahmir, protégé des coups d'un commerçant violent. Le pauvre hère l'aperçoit et lui sourit.

– Nous voici arrivés, Général.

La demeure du marchand de vin est la plus belle du quartier, en tant que fournisseur de Pharaon, il bénéficie d'une large notoriété. Autour de la grande porte d'entrée sont dessinées de magnifiques grappes de raisin. Trois des soldats pénètrent les premiers dans la maison, suivis d'Abif alors que le reste de la troupe stationne au-dehors.

L'intérieur est aussi richement orné que l'extérieur, de nombreuses jarres sont en attente dans l'immense hall d'accueil. Les trois soldats commencent à se répartir dans la demeure, alors que Bahani s'approche des visiteurs.

- Général ? Que se passe-t-il ? Pourquoi tous ces soldats circulent-ils dans ma résidence ?
- Mon cher Bahani, je te conseille d'être coopératif et de nous laisser faire.
- Mais… mais… de quoi s'agit-il ?
- Nous soupçonnons un fait très grave. C'est pourquoi nous fouillons les lieux.
- Je ne comprends pas. Cela fait de nombreuses années que nous nous connaissons, tu sais que je suis un homme qui applique la règle de Maât…
- … les hommes peuvent changer ; l'Isfet voyage souvent masquée.
- De quoi suis-je accusé ?
- Pour le moment de rien, mais sache que si nous trouvons des preuves tu risques ta vie…
- … co…comment, ma vie ?

Le marchand est devenu tout blanc, et s'est effondré sur une chaise.

- Il y a quelques jours, le cuisinier de Pharaon a senti une odeur étrange dans l'une des jarres que tu as faite livrer au palais.
- Comment ça, une odeur ? Mon vin est le plus agréable de tous les breuvages du royaume, il n'a rien à voir avec toutes ces mixtures infâmes que tu trouveras chez mes concurrents.
- Je n'en doute pas, Bahani. Mais par acquit de conscience, le cuisinier en a fait boire à l'une de ses vieilles chèvres laitières.
- Quelle honte ! Faire boire un tel nectar à un animal !
- Peut-être, mais la pauvre chèvre en est morte le lendemain matin.
- Morte ?
- Oui, morte ! Ton vin était empoisonné, Bahani !
- Comment ça, empoisonné…
- … ton vin destiné à Pharaon !

– Mais… mais… tu ne veux pas insinuer que j'ai tenté d'assassiner notre souverain ?

– Qui d'autres ?

– Je… je… mais…

– Tu as de la chance que nous nous en soyons aperçus avant que Mosolan n'en boive à son tour.

Abif suit à la lettre les consignes de Mosolan, nul ne doit soupçonner que Pharaon est actuellement tout près de rejoindre le monde des morts s'il ne parvient pas à trouver le coupable et le poison employé… le seul espoir de le sauver.

– Mais… Mais c'est horrible… tes accusations sont horribles !

– Explique-moi comment le poison est arrivé dans tes jarres.

– Je n'en ai aucune idée, Abif. Crois-moi, je serais incapable d'une telle infamie.

– À part toi, qui a accès au vin destiné à Pharaon ?

– Personne, c'est moi-même qui remplie les jarres…

– … et le transport ?

– Je suis le seul, personne ne touche à… mais… peut-être que…

– … je t'écoute.

– Non, ce doit être une coïncidence.

– Dis toujours.

– Et bien, lors de ma dernière livraison, il s'est déroulé quelque chose d'étrange. Sur le chemin vers le palais, j'ai été stoppé net par un individu qui s'est écroulé devant mon âne.

– Et que c'est-il passé ensuite ?

– Je suis descendu pour lui porter assistance, juste quelques minutes. Peut-être qu'un complice en aura profité pour verser le poison pendant que j'étais occupé ?

– C'est possible, saurais-tu me décrire l'homme tombé à terre ?

– Malheureusement non, et c'est bien ce qui m'a troublé. Ils avaient un foulard qui lui recouvrait une grande partie du visage comme s'il ne voulait pas être reconnu.

– Tu n'as rien d'autre, même un détail.

- Oui, ça me revient, un lasso.
- Un lasso ?
- Oui, il avait sur le bras, un lasso tatoué.

Abif réfléchit un long moment, ce qui inquiète de plus en plus le marchand de vin. Puis soudainement, se retourne vers lui.

- Très bien Bahani, je vais essayer de te faire confiance. En attendant, je vais m'assurer que tu ne me mens pas.
- Mais… comment ?
- Vous trois continuez de fouiller le moindre recoin de cette demeure.
- Je croyais que tu me faisais confiance.
- J'ai dit que j'allais essayer. Prie les dieux que mes soldats ne trouvent rien de compromettant.

Le marchand retombe lourdement, abasourdi, sur sa chaise.

Abif quitte les lieux, il indique à ses hommes qu'après leur fouille, ils doivent leur rejoindre chez Menothep, le directeur des greniers du royaume. Sa connaissance des écritures et de l'histoire de l'Égypte devrait lui être d'un grand secours.

En sortant, il se dirige avec les deux autres soldats demeurés en faction devant la porte, vers la résidence de Menothep. Au bout de quelques mètres, il croise un individu au visage couvert ; il se retourne et s'aperçoit que ce dernier prend la direction de la maison de Bahani.

Il décide de faire demi-tour, afin de voir ses intentions. L'inconnu regarde par la porte d'entrée restée entrouverte, et découvrant les soldats à l'intérieur, fait marche arrière et repart dans la direction de la petite troupe.

La tête baissée, l'individu ne remarque pas le général qui le saisit à l'épaule pour le stopper. L'inconnu ressent une douleur intense et tourne la tête vers son agresseur.

- Abif ! Mais que me veux-tu ?

Le général est surpris et relâche instantanément l'homme devant lui.

- Kar ! Peux-tu m'expliquer ce que tu allais faire chez ce marchand de vin ?

– Mais… mais, c'est mon fournisseur. Il fait le meilleur vin du royaume.

– Pourquoi as-tu fui en voyant les soldats ?

– Je… je ne sais pas… je…

– … et pourquoi te caches-tu le visage ?

– Mais, mais… j'ai peur, Abif !

– Peur de quoi ?

– Qu'un ancien complice d'Aduj me reconnaisse et me tue !

– Que racontes-tu, ils sont tous morts ou en prison.

– En es-tu certain ? Cela fait plusieurs jours que j'ai l'impression d'être suivi, et…

– … il suffit, Kar. Tes explications sont plus que douteuses !

– Mais, je te jure que…

– Tais-toi et montre-moi tes bras !

Abif lui saisit les deux poignées et observe attentivement… aucune trace de tatouage.

– Que fais-tu ? Tu me fais mal !

– Tu as de la chance, tu es pratiquement disculpé pour une chose, mais pas pour le reste.

– Comment ça ?

– Ta présence, ici, m'apparaît fort suspicieuse et compte tenu de tes antécédents avec le royaume, j'ai l'intime conviction que tu n'es pas étranger à l'enquête que je mène.

– De quelle enquête parles-tu ?

– Vous deux, accompagnez le médecin Kar au palais, afin que je puisse l'interroger plus précisément à mon retour.

– Mais, Abif ! Je n'ai rien fait, je crois même avoir apporté à plusieurs reprises les preuves de ma rédemption…

– … Tais-toi ! Nous en reparlerons plus tard.

Les soldats encadrent le médecin et l'emmènent vers le palais, alors que le général se dirige vers la demeure de son ami Menothep.

CHAPITRE 10 : LE PAPYRUS DE MENOTHEP

Thèbes

Que de chemin parcouru par ce petit homme frêle, se dit Abif, en arrivant vers la belle demeure de Menothep. Depuis la mort du père de ce dernier, le général a toujours eu le souci de le protéger. Mais son ascension sociale, il ne la doit qu'à lui-même, Menothep est probablement l'une des personnes les plus intelligentes de la Haute et Basse-Égypte, sa mémoire phénoménale a permis de déjouer le trafic d'Aduj, et Abif ne doute pas qu'il puisse également l'aider dans cette nouvelle affaire.

Devant la grande maison, située près des archives du royaume, se trouvent deux gardes en faction, que le général salue en entrant.

— Heureux de te voir Abif !

— Bonjour, Menothep.

— Ton message m'a quelque peu perturbé. Entre et dis-moi ce qui t'amène.

Le directeur des greniers installe son ami sur la terrasse de sa demeure où l'attendent quelques fruits et un délicieux nectar que vient de déposer la servante de Menothep. Il lui sourit longuement, le charme de la jeune femme ne laisse pas indifférent le directeur.

— Merci, Asa, maintenant laisse-nous.

Il patiente que la jeune femme ait quitté les lieux, puis s'adresse à son invité.

— Je t'écoute.

Abif explique en détail, les meurtres et la profanation du mausolée d'Ahmir. Il lui stipule qu'un précieux papyrus était caché dans l'urne où se trouvait le cœur du Grand Prêtre disparu, sans donner de précision ni sur son contenu ni sur l'existence des Élus de Tantareret. Il lui indique également que quelqu'un a tenté d'assassiner Pharaon en empoisonnant son vin, et lui ressasse la même histoire avec la chèvre du cuisinier.

— Mon Dieu, mais c'est horrible ce que tu me racontes là, Abif.

— Je le sais, et tu comprendras que je ne puisse te révéler certains détails de l'enquête.

— Bien entendu, mon ami. Mais, alors, dis-moi en quoi je pourrais t'aider.

— Aurais-tu déjà entendu parler des Ouatou ?

Menothep se lève promptement et commence à tourner en rond, les mains sur la tête, faisant appel à sa mémoire exceptionnelle. Puis au bout de quelques secondes…

— Oui ! Bien sûr !

— Je le savais. Dis-moi ce dont tu te rappelles.

— Je me souviens d'un papyrus assez étrange, sur lequel il était question de ces fameux Ouatou.

— Et comment ce document est arrivé entre tes mains ?

— À vrai dire, il faisait partie des archives du royaume… mais, maintenant que nous en reparlons, je me souviens que c'est

Apothem[35] qui avait fait cette découverte, le papyrus se trouvait dans le domaine dont il avait la charge… avant de ne sombrer dans ce trafic…

– Je sais que tu as été meurtri par les agissements de ton collègue. C'est très dur de se dire que celui que nous considérons comme un véritable ami puisse nous trahir.

– C'est du passé, Abif.

– Tu as raison, mais parle-moi de ce papyrus.

– Apothem était envoûté par ce texte, et il est vrai qu'il était assez étrange et fascinant.

– Pourrais-tu m'expliquer ce qu'il contenait ?

– J'ai mieux que cela, Abif. Allons le voir.

La demeure de Menothep se situant à côté des archives du royaume, les deux hommes décident de s'y rendre. En sortant, Abif s'adresse aux deux gardes en faction.

– Trois de vos collègues doivent me rejoindre ici, dites-leur de me retrouver aux archives.

– Bien Général !

Alors qu'ils s'arrivent près du bâtiment, Abif interroge son ami.

– Dis-moi la vérité, Menothep, ce n'est pas un hasard que ta nouvelle maison se situe toute proche de ton ancien lieu d'activité.

– Je plaide coupable, lui répond-il en souriant.

Il ne faut effectivement que deux minutes pour que les deux hommes parviennent devant l'entrée du bâtiment. Les soldats les saluent chaleureusement et les laissent pénétrer dans l'enceinte. Alors qu'ils avancent dans l'un des longs couloirs, une personne, dont les bureaux sont également dans la même bâtisse, s'approche d'eux,

– Bonjour Ay.

– Bonjour Abif, Menothep.

---

[35] Scribe et collègue de Menothep dans <u>Isfet et Maât</u>

– Qu'est-ce qui vous amène dans ces lieux ?

– Il se trouve que Menothep a probablement une piste intéressante à me soumettre.

Le directeur des Greniers jette un regard interloqué vers son ami. Pourquoi mettre aussi rapidement le vizir dans la confidence ?

– Voici une excellente nouvelle. Et de quoi s'agit-il ?

– D'un papyrus parlant des Ouatou. Mais venez avec nous, peut-être pourrez-vous nous donner votre avis.

Menothep est encore plus perturbé par ce ton aimable et cette invitation, il était persuadé que les deux hommes n'avaient aucune affinité.

– Menothep ? Cela ne vous pose pas de souci ?

– Non, non, vizir. Si Abif vous propose de venir avec nous, je n'y vois aucun inconvénient.

Le petit groupe déambule depuis maintenant quelques minutes dans les longs couloirs sombres du bâtiment des archives et arrive enfin à destination. Une grande salle sans ouverture vers l'extérieur. Chacun se munit d'une torche pour circuler dans les allées de documents entreposés sur de longues planches de bois. Ce sont des milliers de tablettes et de papyrus qui s'offre à eux, la tâche paraît bien compliquée.

– Faites très attention de ne pas approcher vos flammes trop prêtes, un incendie pourrait tout ravager.

– Je reconnais bien là toute votre rigueur, Menothep.

– Vas-tu savoir retrouver ce papyrus dans cette immense pièce ? Lui demande Abif.

– En douterais-tu ?

– Général, croyez-moi, s'il existe une personne capable d'un tel exploit, c'est bien le directeur des Greniers.

– Merci, vizir.

Il ne faudra, effectivement, que quelques minutes à Menothep pour mettre la main sur le fameux document.

– Le voici !

Il le montre à Abif et Ay qui l'observent avec attention.

- Le lasso, là !
- Pourquoi parles-tu de ce signe, Abif ?
- J'ai interrogé, ce matin, le marchand de vin du royaume qui m'a dit l'avoir vu tatoué sur le bras d'un suspect.
- Très intéressant, il se trouve que ce hiéroglyphe est le premier qui désigne le terme de Ouatou ![36]
- Ce ne peut-être un hasard !
- Sans nul doute, Abif. D'après la suite du texte, il s'agit du signe de reconnaissance de ces individus.
- Je crois que votre enquête vient de faire une belle avancée, Général.

Une légère satisfaction se lit sur le visage des trois hommes.

- Menothep, pourrais-tu étudier attentivement ce papyrus pour en découvrir le moindre indice ?
- Bien entendu. Mais je dois obtenir la permission d'emprunter ce document.
- Vous l'avez ! lui répond Ay.

Avant de sortir du bâtiment, le vizir prend à part Abif.

- Je peux vous parler, Général ?
- Oui, bien sûr. Je te rejoins à l'extérieur Menothep.

Ay entre dans son bureau et en ressort aussi rapidement.

- Je me fais beaucoup de soucis sur la santé de Mosolan.
- J'en suis conscient. Et croyez que je ferais tout ce qui est possible pour éviter le pire. Tout comme vous, je ne souhaite pas voir disparaître notre Pharaon.
- Merci, Abif. J'ai rédigé pour vous ce document.
- De quoi s'agit-il ?
- Avec ceci, vous aurez tous les pouvoirs pour enquêter. Aucun lieu ni aucune personne ne pourra se soustraire à la moindre de vos demandes.

---

[36] 𓂝𓄿𓅱𓏏𓏥

Le général pose une main sur l'épaule du vizir en signe de reconnaissance.

- Avec vous, votre fils et maintenant l'aide de Menothep, je suis certain que nous vaincrons.
- Que les dieux vous entendent.

Menothep a observé la scène de loin, et surpris, il interroge son ami.

- Je ne te savais pas aussi complice avec le vizir.
- Comme je te l'ai déjà dit, malgré son mauvais caractère, c'est un homme droit et fidèle.
- Je n'ai pu m'empêcher de voir qu'il t'avait confié un papyrus…
- … effectivement, et c'est une preuve de ce que je viens te dire. Regarde.

Il lui tend le document que Menothep s'empresse de lire.

- Tu te rends compte de la portée de ce texte, Abif ?
- Oui, que je n'ai aucun obstacle pour poursuivre mon enquête.
- Je suis certain que tu en feras bon usage.
- Général !

Les trois soldats en charge de la fouille de la demeure du marchand de vin viennent faire leur rapport.

- Qu'avez-vous découvert ?
- Rien du tout, Général.
- C'est bien ce que je craignais.
- Je vous assure que nous avons bien…
- … je ne vous parle pas de votre mission. Retournons au palais nous avons Kar à interroger.
- Sois juste envers lui, Abif. Je l'observe depuis quelque temps, je le consulte également comme médecin, il a beaucoup changé.
- Je le sais, Menothep. Mais je veux être certain qu'il ne reste pas une part d'Isfet en cet homme.

Abif quitte son ami et le laisse rentrer seul vers sa demeure située à quelques coudées d'ici.

CHAPITRE 11 : DISPARITION

Prison du Palais

Il y a bien longtemps qu'Abif n'avait pas fréquenté cette salle d'interrogatoire. Il n'en garde pas de très bons souvenirs. C'est ici même que Baagon, accusé à tort par deux fois, fut malmené par le général, quelques années auparavant. La pièce est toujours aussi vide ; une chaise et une table en bois trônent au centre. Une simple ouverture vers l'extérieur, située assez haut pour que nul ne puisse y accéder. L'éclairage est tout juste suffisant, et imprime une ambiance étrange.

Abif vient de donner l'ordre d'aller chercher le suspect. Il attend avec impatience que la lourde porte, seule entrée de la salle, s'ouvre afin de découvrir ce que lui cache Kar.

Après quelques minutes, le médecin fait son apparition, entouré de deux solides gardiens. Il avance lentement, la tête basse, l'air hagard. Il s'assied pesamment sur la chaise que lui présente l'un des soldats. Il relève le menton et aperçoit l'immense silhouette d'Abif.

— Je ne comprends rien à toute cette histoire.
— Je vais donc t'éclairer. Quel lien entretiens-tu avec Bahani ?

- Comment ça, quel lien ?
- Réponds à ma question !
- Mais... mais, il est mon fournisseur de vin. Comme je te l'ai déjà dit. Je ne pense pas être le seul à Thèbes qui bénéficie de ses services.
- Pourquoi avoir fui ?
- Je te l'ai déjà dit, aussi !
- Peut-être, mais ta réponse ne m'a pas convaincu !
- Je te le jure ! J'ai peur, Abif !
- Tu sais aussi bien que moi que tous les complices d'Aduj sont soit en prison, soit morts...
- ... En es-tu certain ? Lui demande Kar, droit dans les yeux.

Le visage du général se fige... et s'il disait la vérité ?

- As-tu des preuves de ce que tu avances ?
- Non, non... Ce ne sont que des rumeurs. Mais je te jure que j'ai l'impression permanente d'être suivi...
- ... Tais-toi, je ne veux plus entendre ces bêtises ! Dis-moi plutôt quelles sont tes activités actuelles.
- Je ne comprends pas tes questions, Abif. Tu sais très bien que je suis médecin...
- ... je ne te parle pas de cela, mais de tes autres activités !
- Que Maât m'en soit témoin, Abif, je n'ai pas d'autres activités.
- Nous vérifierons. Connaissais-tu l'artisan Adon ?
- Oui, heu oui, de réputation... mais pourquoi me parler de lui ?
- Il a été retrouvé, ainsi que son épouse, égorgés !
- ... Quelle horreur...tu ne crois tout de même pas que je sois impliqué dans ces meurtres ?
- Je te pose la question.
- Bien sûr que non !

Kar se prend le crâne entre les mains et s'adresse de nouveau à Abif.

- Je t'en prie, explique moi ce qui se passe...
- ... Est-ce que le signe du lasso te parle ?

Le médecin n'exprime plus aucune réaction, la tête basse et le regard dans le vide.

- Je vais te dire de quoi tu es suspecté d'être complice. Il y a quelques jours, le mausolée d'Ahmir a été profané !

Kar relève les yeux vers Abif.

- Que dis-tu ?
- Oui, tu as bien entendu ! Et les deux soldats qui gardaient la sépulture ont été lâchement assassinés !
- Non !
- Comme Adon et son épouse… égorgés !
- Mais c'est ignoble ! Mais, mais… que vient faire Bahani dans tout cela ?
- Il est accusé d'avoir tenté d'empoisonner Pharaon avec son vin ! Fort heureusement, il a échoué !
- Maât m'en soit témoin, Abif. Je ne suis en rien impliqué dans tout ceci…
- … laisse Maât tranquille !
- Je te jure que j'ai abandonné derrière moi l'Isfet. Je pense l'avoir prouvé en vous aidant à retrouver les meurtriers d'Ahmir. Laisse-moi te le prouver de nouveau.
- Comment ?
- Tu connais ma réputation de médecin, je dois pouvoir t'aider à trouver des indices sur les corps des victimes…
- … Nous en avons terminé pour aujourd'hui ! Ramenez-le en cellule !
- Abif ! Laisse-moi t'aider ! Je ne suis pas impliqué dans ces horreurs !
- Nous allons fouiller ta maison et essayer de trouver des preuves de ta culpabilité.

Kar repart comme il est arrivé, la tête basse, entouré de ses deux gardiens. Avant de sortir, il adresse un dernier mot au général.

- Fais ce qu'il te semble juste, Abif. Lorsque tu seras convaincu de mon innocence, je pourrais alors t'aider.

Au même moment, alors qu'il rentrait seul chez lui, Menothep est inquiet. Un bruit qui se fait de plus en plus intense paraît se rapprocher vers sa direction. Il accélère le pas afin de rejoindre l'angle de sa rue et se trouver à proximité des soldats en faction devant sa demeure.

Soudain, un char roulant à vive allure s'arrête net tout près de lui. Deux individus, dont les visages sont cachés, sont à bord. Avant de comprendre ce qui lui arrive, l'un d'eux saute et attrape le directeur des Greniers, pendant ce temps, l'autre lui attache solidement les bras le long du corps, ainsi que les jambes.

    – À l'aide ! À l'aide !

Aussitôt, Menothep reçoit un coup sur la tête, et l'un des assaillants lui met un bandeau sur les yeux, et le charge sur leur embarcation.

Les deux gardes ont entendu les cris, ils observent de loin la scène et se précipitent vers l'agression. Le plus rapide des deux réussit à parvenir sur place, avant qu'ils n'aient le temps de s'enfuir, il saisit le bras du plus petit des deux, avant que le char ne redémarre à vive allure. Les deux chevaux entament leur cavalcade, le brave soldat reste agrippé au poignet de l'individu avec l'autre main sur l'un des barreaux du véhicule. Il tente de ne pas chuter malgré les soubresauts du char.

    – Va chercher de l'aide !

Alors qu'il résiste désespérément pour rester accroché, le deuxième malfrat sort une dague et lui enfonce dans l'épaule droite. Blessé, le garde lâche prise et tombe sur le sol… le bras en sang. Son camarade le rejoint, haletant, et l'aide à se relever.

    – Va prévenir le général ! lui dit-il en se tenant l'épaule blessée.

    – Mais toi ?

    – Je vais m'en sortir, la blessure est légère. Dépêche-toi !

    – J'y vais.

    – Attends ! Dis-lui que j'ai vu un lasso tatoué sur le bras du plus petit des deux…

Il faudra quinze longues minutes au jeune soldat pour rejoindre le palais où se trouve Abif. Épuisé, il se présente à l'entrée et tombe directement sur le général qui s'apprêtait à sortir.

- Général, Général !
- Mais que fais-tu ici ? Serait-il arrivé quelque chose au directeur des Greniers ?
- Oui, Général ! Il a été enlevé par deux hommes avec un char...
... Que dis-tu ?

Abif entre dans une extrême colère, il s'en veut, il n'aurait jamais dû laisser son ami rentrer seul.

- Ils ont surgi de nulle part. Nous étions sur le point de les arrêter, mais mon coéquipier a reçu un coup de poignard et ils se sont enfuis.
- Menothep est-il blessé ?
- Ils l'ont assommé.
- Et ton camarade est-il gravement atteint ?
- Non, il devrait s'en sortir.
- Très bien.
- Général, il m'a dit de vous préciser qu'il avait vu un tatouage en forme de lasso sur le bras de son agresseur...
- ... les Ouatou !

CHAPITRE 12 : ASSASSINS

Il ne fait aucun doute que l'enlèvement est lié aux papyrus, celui sur les Ouatou et surtout celui de Tantareret. Ses agresseurs savent probablement que Menothep est l'un des rares à être capable de décrypter ces textes énigmatiques. Mais comment ont-ils su qu'il aurait l'un de ces documents sur lui ?

Ce ne peut être aux archives, un complice n'aurait jamais eu le temps de prévenir les autres Ouatou.

Reste la demeure de Menothep. Les gardes ont essayé d'arrêter les assaillants et ils ont été recrutés par Abif en personne ; il les disculpe.

Alors qui peut être la taupe ? Qui est assez proche de son ami pour connaître tous ses mouvements, pour pouvoir l'espionner en toute discrétion ? Au bout de quelques minutes, un visage lui revient à l'esprit, une personne qu'il n'avait jamais vue auparavant.

– Asa ! Bien sûr !
– Général ?
– Retournons chez le directeur des Greniers ! Vous deux accompagnez-nous !

Abif et trois soldats embarquent dans deux chars vers le centre de Thèbes.

- Connaissez-vous la jeune Asa ?
- Très peu, cela ne fait que quelques semaines qu'elle est au service du directeur des Greniers.
- Et comment a-t-elle été recrutée par Menothep ?
- Je peux être franc avec vous, général ?
- Je t'écoute.
- Elle l'a séduit.

Arrivés sur place, la fouille commence.

- Répartissez vous dans la demeure, ne négligez aucune pièce !

Au bout de quelques minutes, Abif doit se rendre à l'évidence, la jeune servante s'est enfuie. En sortant de la maison, il croise le garde blessé qui revient de chez le médecin.

- Je sais que vous avez fait votre possible pour retenir les assaillants. Comment va votre blessure ?
- Le médecin m'a indiqué qu'il n'y avait rien de très grave.
- Voici enfin une bonne nouvelle.
- Général, je pense savoir qui m'a donné ce coup de dague.

Une lueur d'espoir apparaît dans les yeux d'Abif.

- Explique-toi.
- Ce qui m'a alerté, c'est ce tatouage…
- … Le lasso ?
- Oui. Je l'avais déjà observé quelque part. Mais cela ne me revenait pas. Puis je me suis souvenu où je l'avais vu… sur le bras d'Asa, la nouvelle servante.
- Et tu penses que c'est elle qui t'a blessé ?
- J'en suis persuadé. La taille et la silhouette correspondent.
- L'as-tu vu sortir de la demeure ?
- Oui, quelques minutes après votre arrivée, cet après-midi.
- Pourquoi ton collègue ne m'en a pas parlé ?
- Il faisait son tour de surveillance.

Ces nouvelles vont pouvoir faire avancer l'enquête. Il sait qu'il n'a pas beaucoup de temps, mais tant que Menothep n'aura pas donné les informations qu'il découvrira sur les papyrus, sa vie n'est pas en danger… Pour les Ouatou, il est plus utile vivant que mort.

Arrivé au palais, Abif prodigue ses ordres à une centaine de soldats. Il les envoie sur Thèbes pour ramener toutes les personnes portant un tatouage de lasso sur le bras. Puis va annoncer à Pharaon les dernières avancées, en présence de Baagon.

- Mosolan vient de m'avertir que Menothep a été enlevé, comment vas-tu ?
- Je suis déterminé à le retrouver. Tant qu'il ne leur donnera pas satisfaction, sa vie n'est pas en danger. Nous devons agir vite.
- As-tu obtenu des informations complémentaires ? Lui demande Pharaon.
- Nous savons qu'il a été piégé par une jeune femme du nom d'Asa.
- De qui s'agit-il ?
- Elle a réussi à rentrer à son service, il y a quelques jours… elle l'a séduit.
- Est-elle impliquée dans l'agression ?
- L'un des gardes qui ont essayé de déjouer l'enlèvement est catégorique ; elle faisait partie des agresseurs.
- Comment peut-il en être certain ?
- Il a reconnu le tatouage sur son bras…
- … un lasso, je suppose.
- Exactement, Pharaon. J'ai envoyé de nombreux soldats en ville pour retrouver tous les porteurs de ce même tatouage.
- Prions les dieux.
- En attendant, chacun d'entre vous est en danger, ces hommes sont prêts à tout pour arriver à leur fin.
- Que préconises-tu ?
- Je pense qu'il faut que tous les Grands Élus demeurent au palais, le temps que nous arrêtions les Ouatou.

– Je suis d'accord avec toi, Abif. C'est pourquoi Baagon nous a rejoints, et nous attendons dans moins d'une heure l'arrivée d'Ay.

– Je vais moi-même le chercher. Ils sont probablement déjà à l'affût, prêts à intervenir s'ils voient la moindre faille.

– Je t'accompagne !

– Non, Baagon ! Tu es plus en sécurité ici.

– Abif a raison. Insiste Pharaon, qui est pris d'une énorme douleur au même instant.

– Mosolan !

– Occupe-toi de lui, Baagon. Je vais chercher ton père.

Le général, escorté d'un deuxième char, se précipite vers la demeure du vizir. Abif a un mauvais pressentiment. Alors qu'ils s'approchent de leur destination, un autre char les dépasse à vive allure. Il reconnaît la description que lui a faite le garde des agresseurs de Menothep.

– Rattrapons-les !

Abif avait raison, le char s'arrête net devant l'entrée de la maison d'Ay, qui sort au même moment... le général et sa troupe son encore trop loin... ils ne peuvent intervenir...

– Ay !

Abif s'époumone, mais le vizir ne peut l'entendre.

– Ay ! Ay ! Attention !

Tout à coup, le plus petit des passagers saute de l'embarcation, tel un félin... plante un coup de dague derrière la nuque du vizir... puis reprend sa place à côté de son complice, et repartent à vive allure.

Abif qui est seul sur son char, file à la poursuite des assaillants et donne l'ordre aux autres soldats d'aller secourir le vizir... s'il en est encore temps...

Le conducteur Ouatou maîtrise à merveille son véhicule, le général a beaucoup de mal à les rattraper malgré sa propre expérience. Peu à peu, il paraît se rapprocher... mais en tournant dans une rue, sa roue droite vient percuter une lourde pierre… l'essieu se brise net…Abif est éjecté du char… et termine sa course dans l'échoppe d'un marchand de tissu.

… les Ouatou s'enfuient.

Le général se relève difficilement, aidé par les passants. L'un d'eux a réussi à rattraper son cheval. Sans demander son reste, il enfourche à cru l'animal et retourne près de la demeure du vizir. Les fuyards ont bien trop d'avance pour qu'il ne puisse les rejoindre.

Il ne lui faudra que deux minutes pour revenir sur le lieu de l'agression. Un attroupement s'est formé autour de la victime, il se précipite, fait écarter les badauds.

– Poussez-vous ! Laissez-moi passer !

Il tente de ressentir une respiration…. malheureusement, ce qu'il craignait le plus vient d'arriver… Ay est mort…

Le corps du vizir est transporté jusqu'au palais. Abif a donné l'ordre aux soldats d'amener la dépouille d'Ay chez le médecin Bakaa.

Abif se dirige vers la salle du trône, le pas lourd, la mine triste. L'annonce de ce drame est une des pires épreuves qu'Abif n'a jamais eu à surmonter. La réaction de Baagon, le fils de la victime, fut à la hauteur de sa sagesse. Malgré la douleur intense qui l'envahit, il reste digne. Mosolan ne peut retenir une colère profonde.

– Comment ont-ils osé ?

– Ces Ouatou sont prêts à tout pour arriver à leur fin…

– … nous aussi, Abif. Nous vaincrons l'Isfet une nouvelle fois, mais avec nos propres armes, sans verser le sang.

– Je me sens coupable, j'aurais dû intervenir plus vite…

Malgré la douleur qui se lit sur son visage, Baagon ne peut laisser croire à son ami qu'il puisse être tenu responsable de ce meurtre.

– … Je t'en prie. Nous savons tous les deux que tu as fait tout ce qu'il t'était possible de réaliser. Mon père le sait aussi.

– Merci, Baagon. Je te jure que je retrouverais ses assassins !

Après la colère, le désarroi envahit Pharaon, il ne dit plus un mot, il semble ailleurs.

- Mosolan, tu te sens bien ? s'interroge Baagon.
- Oui, excusez-moi. Je vais demander à l'embaumeur du royaume de s'occuper de notre frère.
- Merci.
- Ne me remercie pas Baagon, c'est le minimum que l'Égypte puisse offrir à ce grand homme. Au-delà de son titre de vizir du royaume, il était mon ami.
- Vous êtes tous les deux en danger, tant que je n'aurais pas mis la main sur ces misérables. Vous ne devez sous aucun prétexte sortir du palais, j'ai renforcé la garde, vous êtes en sécurité ici.

PARTIE 3

ENQUETES

Tiens-toi écarté du rebelle, ne t'en fais pas un ami. Lie-toi d'amitié avec un homme rigoureux et juste, dont tu auras observé les actions.

Papyrus d'Ani, de la XVIIIe dynastie

CHAPITRE 13 : AHMIR, MON AMI

Thèbes, le lendemain matin

L'astre de Râ commence à peine son ascension, qu'Abif est déjà réveillé. La nuit fut assez mouvementée, il s'est repassé l'enchaînement des événements tragiques de ces derniers jours ; l'enlèvement de son ami et le meurtre du vizir… aurait-il pu éviter tout ceci ?

… Même les dieux ne peuvent changer le passé, mais l'homme persévérant a le pouvoir de maîtriser le futur.

Cette phrase, Ahmir la lui a souvent répétée, et c'est dans cet état d'esprit qu'il entame cette nouvelle journée. Et comme il le fait fréquemment depuis la mort de son ami, c'est sur Karnak qu'il a décidé de se déplacer, le besoin s'en est fait sentir depuis les événements de ces dernières heures.

Il s'empare d'une besace dans laquelle il a au préalable déposé quelques fruits, puis sort du palais où se trouve sa propre demeure. Il emprunte un char, et se dirige vers sa destination.

Le trajet est l'occasion de réfléchir sur les prochaines actions à mener, mais contre toute attente, c'est à Maât qu'il s'adresse en tout premier, il l'implore de lui donner un signe vers le chemin de l'équilibre. La disparation de son ami l'a amené à une évidence ; les dieux sont une réalité et la voie qui mène à cette certitude est juchée d'embûche.

Une fois arrivé sur les bords du Nil, Abif confie son char à l'un des soldats chargés de la surveillance du petit port de pêche, et emprunte un esquif pour la traversée vers le domaine de Karnak. De l'autre côté devant l'entrée principale, il est accueilli chaleureusement par le jeune prêtre-gardien.

> – Bonjour Général, soyez le bienvenu.
> – Merci, Mekaton.

Abif parcourt l'ensemble du domaine pour atteindre la partie Est. Face à l'autre porte d'entrée du domaine, dominée par deux magnifiques obélisques, se trouve un temple dédié à Amon, construit sous l'égide d'Hatchepsout[37] puis de Ramsès II[38].

Lentement, il s'approche de l'entrée, ouvre sa besace et dépose son contenu sur l'autel à offrande disposé à cet effet.

> – Amon qui écoute les prières, je viens demander ton aide afin de rétablir l'équilibre de Maât.

Abif reste figé durant quelques minutes, sans un mot, sans un geste… en pleine méditation. Il réouvre les yeux, reprend sa besace et fait demi-tour vers la porte de l'Est qui donne sur un désert de sable et de caillou.

Sa nouvelle destination ne se situe qu'à quelques coudées du domaine de Karnak : le mausolée d'Ahmir.

En avançant vers cette étendue à l'horizon lointain, Abif ressent encore la fraîcheur nocturne du sable sur ses pieds, alors que le Soleil est suffisamment haut pour que sa chaleur lui frappe le visage. Déjà,

---

[37] Reine de l'Égypte antique qui deviendra pharaon, cinquième souveraine de la XVIIIe dynastie.

[38] Né aux alentours de -1304 et mort à Pi-Ramsès vers -1213, il est le troisième pharaon de la XIXe dynastie égyptienne. Il est aussi appelé Ramsès le Grand ou encore Ozymandias.

l'édifice est en vue, le marbre blanc illumine le désert. Abif presse le pas.

Il n'était pas revenu sur les lieux depuis la profanation… ce souvenir l'arrête net.

— Bonjour, Général. Nous n'attendions pas votre venue.

Il ne répond pas, toujours figé, une appréhension l'envahit.

— Général, tout va bien ?

— Euh… Oui. Pas de mouvement suspect à signaler ?

— Non, Général… Êtes-vous certain que tout va bien ?

— Oui… Le mausolée a-t-il bien été remis en état ?

— Bien sûr, Général. Comme l'a exigé Pharaon.

Abif est soulagé, il va pouvoir pénétrer dans l'édifice.

Le sarcophage en granit trône majestueusement au milieu de la pièce, surmonté de son magnifique obélisque de marbre noir, sur la pointe de laquelle a été replacée l'urne en acacia contenant le cœur d'Ahmir.

Abif s'approche et pose ses deux mains sur le couvercle de granit. Les yeux fermés, il s'adresse à son ami.

— Mon cher Ahmir, tu dois être surpris de ma présence. Mais tu serais encore plus étonné de savoir que depuis ton départ, j'ai beaucoup réfléchi. Tu avais raison, comme toujours : les dieux sont les garants de l'équilibre du monde et de sa création.

À l'instant même de cette phrase, il ressent une chaleur intense semblant venir du sarcophage et qui lui envahit tout le corps.

— Ouah ! Je vais prendre cela pour une réponse… Et puisque tu parais être à mon écoute, je dois te dire que je fais des offrandes aux dieux plusieurs fois par semaine, je suis également les instructions données par Baagon… tu as dû apprendre qu'Ay a été assassiné, malgré ce que me dit son fils, je me sens coupable de… ouah !

Une chaleur plus intense que la précédente vient lui brûler les mains.

— Très bien, très bien. J'ai compris.

Abif poursuit sa discussion en précisant qu'il a été reçu aux petits mystères quelques semaines auparavant et qu'il imagine la fierté de son ami, s'il avait pu être présent.

–   Ahmir, j'ai besoin de toi, l'Isfet est de nouveau sur le point de gagner la bataille. Donne-moi un signe qui me rassurera sur l'aide des dieux.

Après ces quelques mots, Abif sort de la pénombre du mausolée, les rayons du Soleil l'aveuglent momentanément. Il devine une masse blanche devant lui, peu à peu ses yeux s'habituent à la lumière.

–   Merci !

–   Général, tout va bien ?

Devant lui, le couple d'ibis blanc.

–   Depuis combien de temps sont-ils ici ?

–   Quelques minutes après votre arrivée.

Un large sourire vient illuminer le visage d'Abif.

–   C'est tout de même étrange que ces oiseaux s'aventurent dans cette partie du désert, il n'y a pas d'eau ici.

–   L'étrange, c'est ce qui nous est inconnu. Questionnez les dieux et ils vous éclaireront.

Les deux gardes observent avec beaucoup d'interrogation le départ du général. Alors qu'il commence à s'éloigner, les ibis s'envolent et retournent vers le lac sacré de Karnak.

Fort de ce signe des dieux, Abif regagne Thèbes, le cœur vaillant. Ces visites régulières lui permettent de se ressourcer pour les combats qui l'attendent. Il le sait, maintenant : Ahmir est avec lui, et avec l'aide de son digne successeur, Baagon, ils vont vaincre ses Ouatou.

CHAPITRE 14 : MENOTHEP, LE CAPTIF

Quelque part dans le désert

Menothep se réveille en sursaut.

– Non !

Il doit se rendre à l'évidence, ses yeux sont toujours couverts d'un bandeau, ses mains et ses pieds sont attachés par de solides liens. La notion du temps commence à lui échapper peu à peu. Cela doit faire plusieurs jours que je suis ici, se dit-il, je me suis assoupi à plusieurs reprises. Il lui paraît évident qu'il a été enlevé à cause du papyrus qu'il avait en sa possession... il lui a été subtilisé. Mais alors, pourquoi le garder en vie ; probablement n'ont-ils aucune idée de la manière de le décrypter ?

Tout c'est passé si rapidement, seul le bruit du char à vive allure aurait pu l'alerter... mais pouvait-il se douter ? Il s'est retrouvé vite ligoté et la tête dans une besace, les assaillants ont profité de l'effet de surprise. Il a eu un espoir que l'un de ses gardes réussisse à atteindre le char... Mais un grand coup sur le crâne et plus rien... J'espère qu'ils n'ont pas tué les soldats, se dit-il.

Contrairement à ce que ses agresseurs pouvaient imaginer, Menothep avait repris ses esprits assez tôt, mais était resté totalement immobile pour ne pas éveiller les soupçons. Ce stratagème lui a permis de relever quelques indices sur le lieu de sa captivité, durant le retour vers le repère de ces mécréants. C'est en sortant de Thèbes qu'il a ses premiers souvenirs… il a reconnu les sons de la rue marchande. Au bout de quelque temps, ils ont traversé le Nil, puis sur l'autre rive ont terminé leur périple à dos d'ânes. Menothep a étudié de nombreuses cartes lorsqu'il était aux archives du royaume, et sa mémoire infaillible lui indique qu'il est probablement dans une grotte, dans les montagnes situées à l'Est de Karnak. Il en est d'autant plus convaincu par la fraîcheur des lieux et surtout par l'écho que génère son ventre affamé… Il ne lui pas été permis ni de boire ni de manger depuis le début de sa captivité.

Soudain, des voix se font entendre au loin. Menothep tend l'oreille pour tenter de récupérer des bribes de la conversation. Il distingue au moins deux personnes, mais ne reconnaît aucun timbre. Les quelques mots qu'il parvient à déchiffrer lui indiquent qu'il est au centre de cette conversation et qu'ils ont la ferme intention de le faire parler… mais pour dire quoi ? pense-t-il. Il est en maintenant persuadé, ses agresseurs sont les Ouatou…

Des pas de plus en plus forts se dirigent vers Menothep… quelqu'un arrive… il peut entendre sa respiration.

— Que me voulez-vous ?

L'individu ne dit pas un mot, le directeur des Greniers sent qu'il s'approche de lui, le souffle de sa respiration parvient jusqu'à son oreille.

— Ne bouge pas, ou je t'égorge.

Menothep ressent alors la lame froide d'un poignard, lui toucher le cou. L'homme lui attache au pied droit une lourde chaîne, elle-même solidement amarrée à la paroi de la grotte. Il lui détache les liens des pieds.

— Souviens-toi de ce que je t'ai dit.

– Je sais, je sais.

Le geôlier libère ensuite les mains de Menothep, puis retire le bandeau lui couvrant la vue. Peu à peu, ses yeux s'habituent à la faible luminosité des lieux.

L'étranger lui tend de la nourriture et une gourde d'eau. L'homme n'est pas très grand et plutôt trapu. Menothep aperçoit, sur le bras de ce dernier, le fameux tatouage en forme de lasso, caractéristique des Ouatou. Le repas est composé de quelques fruits et de viande séchée.

Même s'il préfère de loin le poisson, Menothep est affamé, il s'empresse d'avaler ce qui lui ait proposé, puis s'empare de la gourde.

– Tu as bien raison de t'alimenter.
– Pourquoi dis-tu cela ?
– Nous allons avoir besoin de ton corps et surtout de ton esprit. L'homme réfléchit moins bien le ventre vide.

Cette phrase saute aux oreilles de Menothep ; elle lui est familière.

– Qu'attendez-vous de moi ?
– Beaucoup de choses, alors tais-toi et mange !
– Qui est ton chef ?

L'individu fait un bond vers Menothep puis approche son poignard au niveau de son cou.

– Je te conseille de vraiment te taire !
– Je ne suis pas certain que ton supérieur n'en soit très ravi.

L'homme doit se rendre à l'évidence, son prisonnier a raison, ce qui l'agace au plus haut point. Il ôte son poignard et tourne le dos à Menothep.

– Nous verrons si tu fais toujours le malin lorsque notre meneur viendra lui-même t'interroger…

L'individu quitte le lieu de captivité, en ayant pris soin de ligoter de nouveau sa victime.

– Quand ton chef va-t-il venir ?
– Sois patient, il ne devrait plus tarder.

Le geôlier s'en retourne à ses occupations. Menothep profite de ce court moment pour étudier son environnement et trouver un moyen de s'évader. La chaîne semble bien accrochée à la paroi de la grotte, il n'ose pas trop tirer dessus, de peur d'alerter son geôlier. Un petit espoir, tout de même, le lien à ses chevilles, peut-être que... non, impossible. Pendant de longue minute, il étudiera mille façons de se libérer, mais aucune ne fonctionnera.

... quelqu'un approche, un léger murmure se fait entendre. L'angoisse commence à monter, il appréhende de découvrir l'identité de l'instigateur de cet enlèvement. Menothep en est persuadé, il doit s'agir d'une haute personnalité.

Soudain, une silhouette apparaît, peu à peu le visage de l'individu se dessine dans la pénombre. À l'angoisse s'en suit la stupeur de découvrir qui est derrière tout ceci...

– Tu me parais bien étonné de me voir mon vieil ami.

– Non ! pas toi !

CHAPITRE 15 : KAR, LE REPENTI

Thèbes, le lendemain

Abif décide d'interroger à nouveau Kar. Les dernières avancées sembleraient attester de son innocence. Baagon l'accompagne afin de s'assurer de la bonne foi de l'ancien médecin de Karnak.

Les deux hommes entrent dans cette salle d'interrogatoire toujours aussi austère. Kar ne les a pas vu pénétrer, son regard fixe le mur opposé. Dès qu'ils s'installent en face de lui, il relève lentement les yeux et marque un moment de surprise.

– Baagon ? Mais que fais-tu ici ?
– J'ai personnellement sollicité la présence du Grand Prêtre. Mais je te rappelle que dans cette enceinte, c'est moi qui pose les questions.

Kar baisse la tête, il semble accablé par la situation.

– J'ai encore quelques points à éclaircir avec toi, avant de décider de ton sort.
– Fais comme tu voudras… je sais que je suis innocent…
– … laisse-moi en juger.

- Je t'écoute.
- Avant ton arrestation, de quand date ta dernière visite chez le marchand de vin ?
- Je ne sais plus exactement…
- … je te conseille d'être précis.
- C'était il y a quelques semaines.
- Est-ce que tu as remarqué un détail particulier ce jour-là ?
- Non, je ne me souviens plus…attends… mais maintenant que tu me le dis, il y a bien quelque chose d'étrange qui me revient.

Kar relève la tête, comme s'il sentait que sa nouvelle révélation allait jouer en sa faveur.

- J'avoue ne pas y avoir prêté attention sur le moment.
- Nous t'écoutons.
- Et bien, après mon arrivée, il y a une jeune femme qui est entrée, son attitude m'est apparue bien curieuse.
- C'est-à-dire.
- Elle semblait vouloir charmer ce pauvre Bahani. Elle aurait pu être sa fille, et je ne vois pas pourquoi elle pouvait être attirée par lui.
- Et ensuite.
- Son épouse est intervenue, elle n'a pas beaucoup apprécié la situation et s'est empressée de faire sortir la jeune femme de son échoppe.

Un long silence s'installe, Kar commence à s'inquiéter.

- Très bien, tu es libre.
- Co.. comment ?
- Tu as bien entendu. Ton histoire correspond en tous points à celle du marchand et de sa femme. Et Bahani m'a confirmé que tu n'étais jamais revenu depuis cette altercation. Estime-toi heureux que pour le moment je n'ai rien contre toi.
- Enfin…

Kar reprend des couleurs et relève la tête vers le général et Baagon.

- Je t'avais proposé mon aide pour découvrir qui a empoisonné le vin et surtout les criminels qui ont profané le tombeau d'Ahmir.
- C'est la raison pour laquelle j'ai demandé au Grand Prêtre d'être présent.

Baagon s'approche de lui, l'air triste.

- Kar, je conçois au plus profond de mon âme que tu dis vrai, que ta repentance est réelle.
- Merci, Baagon. Et en quoi puis-je t'être utile ?
- Tu ne le sais pas encore, mais un nouveau terrible drame a eu lieu.

Le médecin ressent dans le ton employé par le Grand Prêtre, une tristesse profonde.

- Tu m'inquiètes… Pharaon aurait-il…
- … Non, il s'agit de mon père… il a été assassiné.
- Ce n'est pas possible, mais quand tout ceci va-t-il enfin s'arrêter ?

Kar se lève, personne ne réagit, il s'approche de Baagon, lui pose une main sur l'épaule.

- Le vizir Ay était un homme respectable, que puis-je faire pour t'aider ?
- Nous connaissons tous ici tes talents de médecin, c'est pourquoi j'aimerai que tu examines son corps, avant que l'embaumeur ne fasse son œuvre.
- Tu peux compter sur moi.
- Très bien. Vous deux accompagnez Kar chez l'embaumeur !

Les ordres d'Abif sont comme un coup de poignard pour le médecin.

- Mais… mais, je pensais être libre.
- Calme-toi, Kar. Tu l'es.
- Je ne comprends pas.
- Toute personne qui s'implique dans cette affaire est potentiellement en danger de mort, c'est la raison pour laquelle je souhaite que tu sois escorté. Maintenant, si le danger te fait peur tu peux renoncer…

- ... Non, non ! Même si je sais que je ne pourrais jamais me faire pardonner de mon passé, je veux absolument être utile au royaume, fût-ce au prix de ma vie.
- Dans ce cas, ne perds plus de temps. Quant à nous retournons au palais, tu y seras en plus grande sécurité.

La prison ne se situe qu'à quelques pas, et sur le chemin, Baagon rompt le silence.
- Tu ne lui fais pas confiance, n'est-ce pas ?
- Je t'avoue que je suis perturbé.
- Explique-moi.
- L'ancien Abif, le mercenaire, le soldat n'arrive pas à le croire totalement.
- Et le père divin que tu es devenu ?
- J'ai bien vu dans son regard et dans ses mots qu'il était sincère. C'est une lutte incessante entre mes deux personnalités.
- Tu te trompes de combat, Abif.
- Que veux-tu dire ?
- Le mercenaire et le père divin sont les deux aspects qui forment ton être intérieur. Laisse-les agir, ne les combats pas, maîtrise-les, laisse-les prendre la place qui est la leur.

Cette brève discussion aura permis de soulager quelque peu le général, mais l'apaisement sera de courte durée. Arrivés au palais, ils retrouvent Bakaa près de la salle du trône, les traits tirés... il semble fatigué et abattu.
- Vous m'inquiétez Bakaa, que se passe-t-il ? Auriez-vous trouvé quelque chose sur l'empoisonnement de Mosolan ?

Il tourne son regard triste vers Baagon.
- Je souhaiterais que Pharaon soir le premier a qui annoncer mes découvertes...

Les trois hommes avancent lentement et en silence vers la grande salle du trône, l'ambiance est pesante. Le bleu des colonnes alignées de chaque côté de l'immense pièce paraît moins somptueux, la lumière si intense habituellement semble diminuée.

Mosolan est assis dans son imposant trône en acacia. La douleur se lit sur son visage, mais il reste droit, fort, face à ce mal qui le ronge. La reine se tient debout près de lui, une main posée sur la sienne. Le couple royal resplendit de toute la force qu'ils incarnent à la tête de la Haute et Basse-Égypte.

Soudain, Lia fait aussi son apparition.

– Approche ma fille, je voulais que tu sois également présente pour entendre ce que Bakaa a découvert.

Elle croise le regard triste de Baagon et ne peut laisser échapper une larme.

– Nous t'écoutons, Bakaa.

– Après de longues recherches, j'ai enfin démasqué le nom du poison versé dans la jarre.

La gorge nouée, le médecin finit par sortir quelques mots.

– Il s'agit… du poison de feu[39]…

Abif est le premier à s'exprimer, il connaît parfaitement cette substance, son passé de mercenaire lui a permis d'acquérir de nombreuses manières de se débarrasser d'un ennemi, dont le poison de feu.

– Est-il trop tard, Bakaa ?

– Que voulez-vous dire par trop tard, Général ? lui demande Neferi.

– Dis-leur toute la vérité, Bakaa.

– C'est un poison qui tue petit à petit, mais il existe un remède qu'il faut administrer au plus vite, sinon nous ne pouvons plus rien.

– Réponds à la question d'Abif, insiste Mosolan.

– Il est trop tard… mais, mais… j'ai déjà vu de valeureux soldats survivre au-delà tu temps normal… nous devons tout essayer…

---

[39] Trioxyde d'arsenic et du réalgar ou de l'orpiment (pigment à partir duquel on forme de l'anhydre arsénieux ou arsenic blanc, dont la dose mortelle est de 0,1 g)

–   … je t'en prie, Bakaa !

La réaction de Mosolan est cinglante et sans appel… pas d'espoir inutile. Neferi ne veut pas être contrainte par cette seule perspective.

–   Nous savons tous, ici, que tu lutteras jusqu'à ton dernier souffle, mais s'il reste une chance… laissons Bakaa faire ce qu'il jugera nécessaire.

Après ces quelques mots pour son époux, le silence règne à nouveau pendant quelques secondes. Baagon le premier prend la parole.

–   Mosolan, j'aimerais que Kar puisse épauler ton médecin.

–   Qu'en penses-tu ? Demande Pharaon à l'intéressé.

–   Je… je pense que malgré son passé, il est un des meilleurs médecins du royaume.

–   Qu'il soit fait ainsi.

CHAPITRE 16 : KIRATI, LE RETOUR

Thèbes, quelques heures plus tard

Baagon et Mosolan déambulent dans la salle du trône en se remémorant des souvenirs agréables du vizir Ay.

- Lorsque nous étions adolescents et que ton grand-père venait visiter mon père au palais, nous avions pris l'habitude avec Ay de nous isoler derrière ces colonnes, pour y faire des parties de zenet.
- Il ne m'en avait jamais parlé.
- C'était notre petit secret. C'est probablement de là qu'est née notre amitié. Et nous avons poursuivi notre jeu durant de longues années. Nous nous retrouvions toujours aux mêmes dates pour quelques parties.
- Tous les 13e jours du mois ?
- Oui, comment le sais-tu ?

– Je me suis longtemps demandé pourquoi il était systématiquement absent ce jour-là. Maintenant, j'ai la réponse.

Un sourire arrive enfin sur le visage des deux hommes. Au même instant, Lia fait son apparition et s'avance lentement vers eux.

La jeune femme ressemble de plus en plus à sa mère, se dit Mosolan. Elle s'arrête net de peur de perturber une conversation importante.

– Approche, Lia. Je souhaitais justement te voir avec Baagon.

Le Grand Prêtre paraît surpris de cette annonce, alors que la fille aînée de Mosolan arrive à hauteur des deux hommes.

Pharaon saisit la main de Lia, et pose l'autre sur l'épaule de Baagon.

– Je vous ai donné, il y a déjà quelque temps, mon consentement. Nous le savons tous les trois, il ne me reste plus beaucoup de jours à vivre…

– … Non ! Ne dis pas cela !

Mosolan enlace sa fille qui fond en larme.

– Je t'en prie mon enfant, il faut se rendre à l'évidence. C'est pour cela que je souhaiterai que vous montriez au grand jour votre amour, afin que rapidement nous puissions officialiser votre union.

À ces mots, Lia se retourne vers Baagon puis l'enlace à son tour.

– Soyez heureux.

Soudain, Pharaon se plie en deux… une douleur intense vient de le transpercer… il s'écroule à terre, inconscient.

– Mosolan !

– Père !

– Va chercher Bakaa ! hurle Baagon à Lia.

Dans le même temps, il soulève le corps immobile de son souverain et le transporte à bout de bras vers le trône. Cela ne lui procure pas un effort immense, d'autant que la maladie a beaucoup amaigri Mosolan.

Les secondes paraissaient une éternité à Baagon, après quelques instants, le vieux médecin fait enfin son apparition, un breuvage en main.

– Hâte-toi Bakaa !

– Mets-lui la tête en arrière que je puisse lui administrer ce calmant.

Il sort de la besace qu'il porte en permanence en bandoulière, un petit pot bien fermé.

– Reculez-vous un instant !

– Mais que fais-tu ? Le breuvage ?

– Si je le lui administre maintenant, il ne saura pas l'avaler… il risquerait de s'étouffer.

Le Grand Prêtre est interloqué par ces mots.

– Reculez, je vous dis ! Insiste Bakaa.

Lia et Baagon s'exécutent inquiets. Bakaa approche le pot près du visage de Mosolan, puis ouvre lentement le couvercle. Le récipient contient une mixture qu'il a élaborée avec l'aide de Kar.

– Pouah ! Qu'est-ce que c'est ?

Une odeur épouvantable émane de la concoction présente dans le récipient, ce qui a pour effet de réveiller le malade.

– Tiens-lui la tête !

Bakaa referme le pot, puis lui verse le calmant. Au bout de quelques secondes, Mosolan reprend quelques couleurs.

– C'est quoi cette odeur ?

Lia enlace son père tendrement.

– Nous avons eu très peur.

Au même instant, les jambes du vieux médecin ne peuvent plus les retenir, il s'assied lourdement sur les marches qui mènent au trône. Cela fait plusieurs nuits qu'il n'a pas dormi, l'épuisement a raison de lui.

– Bakaa, il faut te reposer. Lui ordonne Mosolan.

– Pas tant que je n'aurais trouvé la solution…

Au même moment, dans une taverne près du port marchand de Thèbes, Kar fait son entrée. Il cherche tous les moyens pour aider à rétablir Maât, et il a bien compris que son talent de médecin n'y suffira pas.

L'endroit est sombre, à peine éclairé par quelques torches. Il n'aime pas fréquenter de tels endroits, cela lui rappelle un passé douloureux, où il venait recruter des hommes de main pour le compte d'Aduj.

Il avance lentement dans la pénombre, le visage en partie couvert ; il ne voudrait pas que quelqu'un le reconnaisse. Pourtant il aimerait que l'un d'entre eux soit présent, il pense pouvoir lui tirer des informations susceptibles d'aider l'enquête d'Abif. Il scrute désespérément... il doit se rendre à l'évidence, il n'est pas là...

Alors qu'il s'apprête à sortir, il entend un rire provenant de l'extérieur... c'est lui !

Il sort promptement de la taverne afin de le cueillir hors des regards curieux. Il saisit le bras du grand marchand nubien Kirati[40] et l'emmène à l'écart des oreilles indiscrètes.

– Oh ! Que me veux-tu ?
– J'ai à te parler.
– Kar ! Tu es encore vivant !
– Tais-toi imbécile.
– Mais je n'ai rien à cacher !

Le médecin sort une dague et met la pointe sur le ventre du marchand.

– Oh là ! Doucement... je... d'accord, que veux-tu ?
– J'aurai besoin de tes services.
– Je me disais aussi, c'est étrange que ce bon vieux Kar se soit retiré totalement des trafics juteux, pourtant la rumeur courait dans toutes les tavernes de Thèbes, je n'y ai jamais vraiment cru... Oh là !

De nouveau, la pointe de la dague se rappelle à son bon souvenir.

---

[40] Voir Isfet et Maât

- Tu es toujours aussi bavard. Sache que les rumeurs étaient fondées. Je n'étais qu'un pion pour Aduj et je regretterais le restant de mes jours tout le mal que j'ai pu faire.
- Alors pourquoi aurais-tu besoin de mes services ?
- Je voudrais que tu me retrouves la piste de quelques individus peu recommandables.
- Et tu leur veux quoi ?
- Ils envisagent de s'en prendre au royaume, et je ne compte pas les laisser faire.
- Ce ne sont pas mes affaires, je suis nubien, je te rappelle.
- Et moi, j'ai une arme pointée sur ton abdomen.

Kiribati regarde fixement Kar et lui lâche un sourire moqueur.

- Je ne te crois pas capable de me tuer. Nous savons tous les deux que c'est Aduj qui s'occupait de ces basses œuvres.

Il appuie un peu plus fort sur la pointe de la dague.

- Tu as raison, mais je suis tout de même persuadé que tu vas me venir en aide.
- Tu m'as l'air bien sûr de toi, mon vieux Kar.
- Je pense que tes rumeurs t'on également dit que j'étais en étroite relation avec Abif.
- Oui, et j'espère qu'il t'a bien malmené.
- C'est un homme juste. Et je suis convaincu qu'il serait très intéressé de savoir que contrairement à ce que tout le monde imaginait, tu n'étais pas totalement étranger aux trafics d'Aduj.
- Je n'étais pas au courant !
- C'est ce qu'Abif pense, mais je sais très bien qu'il n'en est rien... j'ai conservé quelques preuves compromettantes avec moi.
- Tu ne peux pas faire ça.
- Je le peux, sauf si tu m'aides.

Après un petit moment de réflexion, Kirati doit se rendre à l'évidence... il est coincé.

- D'accord, d'accord. Qu'est-ce que tu veux savoir ?
- Je recherche des renseignements sur les Ouatou.

- Je ne vois pas de quoi tu parles. Je n'ai jamais entendu ce nom.
- Et si je te dis qu'ils portent un tatouage en forme de lasso sur l'avant-bras.

À ces mots, Kirati fait un large sourire à Kar.

- Alors là, je vais pouvoir t'aider.

CHAPITRE 17 : PREMIÈRE CAPTURE

Thèbes, quelques jours plus tard

Malgré leurs efforts Kar et Bakaa, le médecin de Pharaon n'ont pas réussi à trouver un remède pérenne contre le poison de feu. L'autopsie du vizir Ay aura, quant à elle, permis de confirmer que le poignard utilisé était le même qui a blessé le garde.

Afin de perdre le moins de temps possible, Kar a profité de ces dernières heures pour convaincre Abif sur les informations qu'il a récupérées auprès de Kirati.

— J'ai encore des doutes sur ce Nubien.

— Je t'assure que, malheureusement, nous devons lui faire confiance.

— Tu sais que je te tiendrais pour responsable si jamais il nous mène en bateau.

— C'est bien pour cela que je suis certain qu'il va nous aider.

- Aurais-tu un moyen de pression sur ce vaurien duquel tu aimerais m'entretenir ?
- S'il nous a trahis… tu auras tout le loisir de le jeter en prison…

Abif sourit pour la première fois à Kar.

- Connais-tu le suspect ?
- La description que m'en a faite Kirati est plutôt succincte, mais il m'a confirmé que le tatouage lui est bien présent.
- Tu es certain qu'il fréquente toujours la même taverne ?
- Le Nubien a été très explicite, même taverne, même table, tous les soirs.

Le général tourne en rond quelques secondes, réfléchit et donne sa conclusion.

- Nous interviendrons aujourd'hui.
- Puis-je être utile pour cette mission ?
- Plus que tu ne le crois mon cher Kar, tu serviras d'appât…
- … d'appât ?
- Tu pourras enfin prouver ta loyauté, c'est toi qui iras à la rencontre du Ouatou.
- Très bien.
- S'il s'agit bien de notre homme, tu nous préviendras par un signe que je t'indiquerais pour que nous intervenions, sinon…

Le soir venu, la totalité des intervenants est en place. Abif a mobilisé cinquante soldats repartis discrètement tout autour du quartier le plus pauvre de Thèbes, près de la maison de bière[41] la plus malfamée de la ville.

Le plus jeune des soldats qui sert de relaie avec l'ensemble du dispositif vient rendre compte à Abif.

---

[41] Nom donné aux tavernes en Égypte antique.

- Tout le monde est à sa place, Général.
- Très bien. À toi de jouer Kar, lui dit-il en lui tapant fortement sur l'épaule.

Il avance furtivement vers l'entrée de la taverne, se faufile entre des passants en se cachant le visage, toujours dans la crainte de se faire reconnaître. Alors qu'il est arrivé à sa destination, il reste figé devant la porte qui mène à l'intérieur de ce lieu de débauche… la peur l'envahit…

- Que fait-il cet idiot ? Il va tout faire rater, peste Abif.

Il sait qu'en entrant, c'est son retour en grâce qu'il joue, il ne peut plus reculer ; il franchit enfin le seuil.

Kirati lui a donné une description peu élogieuse du suspect : « C'est un petit trapu, gros nez, pas de cheveux et qui n'arrête jamais de parler. ». Malheureusement, plusieurs des individus présents correspondent. C'est un brouhaha permanent, difficile d'y distinguer un homme qui parle plus que les autres. Il se dirige vers le fond de la salle, l'endroit où le suspect aime venir boire des jarres complètes de bière.

Tout à coup, son regard s'attarde sur une silhouette qui paraît concorder, l'individu est de dos et discute avec deux autres personnes. Kar s'approche discrètement pour tenter d'apercevoir le fameux tatouage… encore quelques pas… Il peut pratiquement toucher le suspect… Soudain, il sursaute, quelqu'un vient de lui poser la main sur l'épaule.

- Tu cherches quelque chose, l'ami ?

Le suspect qui vient d'entendre l'intervention se retourne et le médecin devient blanc comme un linge tout près de s'évanouir.

- Regardez-moi qui vient nous rendre visite, ce bon vieux Kar.

Face à lui se trouve un ancien lieutenant d'Akon[42], l'un de ceux qui avaient été bannis du royaume par Mosolan.

- Tu es bien imprudent de venir ici. Nous savons que tu t'en es très bien sorti.

---

[42] Personnage trafiquant dans Isfet et Maât

– Je… j'ai payé ma dette.

– Peut-être envers cet escroc de Mosolan… mais crois-tu que c'est le cas envers tous ces gars qui ont dû s'exiler ?

Le ton du suspect est des plus menaçant, Kar est tellement sous pression qu'il en oublierait presque sa mission. Il se reprend et jette un œil sur le bras droit de son interlocuteur… le fameux tatouage.

– Que regardes-tu ?

– Euh… rien…

Soudain, Kar lève les deux bras puis pose ses mains derrière son crâne ; il s'agit du signe convenu avec Abif.

– Tu oses venir nous provoquer en plus !

– Emparez-vous de lui, nous allons lui faire passer l'envie de se moquer de nous !

Avant que les Ouatou ne puissent intervenir, des dizaines de soldats se précipitent vers le suspect. Dans la cohue générale, des chaises volent, des coups sont donnés. Comme Abif le craignait, les complices sont en nombre dans la maison de bière, et tentent de protéger le suspect principal en l'aidant à s'échapper par une porte dérobée de la taverne.

Kar est resté immobile au milieu de la bataille rangée entre les hommes du général et les alliés du suspect. Il ne peut pour autant pas laisser s'enfuir celui qui peut lui permettre de retrouver un honneur perdu. Il se jette en sa direction, mais avant qu'il n'ait eu le temps d'atteindre sa cible, il ressent une douleur intense dans le flanc qui l'arrête net dans son élan. Celui qui vient de lui donner ce coup lui sourit puis s'échappe avec le reste de la troupe.

Le médecin pose sa main sur le lieu de la douleur… du sang coule… il vient de recevoir un coup de dague…

Alors qu'ils parviennent à sortir vers l'extérieur, le Ouatou et ses trois complices sont immédiatement pris à partie par d'autres soldats à la tête desquels se trouve le général en personne. Abif avait anticipé cette fuite éventuelle.

– Vous ne pouvez pas aller plus loin !

Sentant le danger les mécréants tentent de rebrousser chemin vers l'intérieur de la maison de bière, mais au même moment, un autre groupe de soldats fait son apparition... ils sont cernés.

–   Allez me chercher tous les prisonniers !

Un à un, ils sont sortis de la taverne. Certains sont blessés et ont du mal à tenir debout, d'autres sont morts.

–   Qui est le chef !

Aucune réponse.

–   Ne m'obligez pas à user de la force !

–   Je vous en supplie, je suis innocent... je ne comprends pas ce qui se passe...

–   ... Montrez-moi tous vos avant-bras !

Abif commence par celui qui a pris la parole en premier.

–   Toi, file, avant que je change d'avis !

Le tri est rapidement fait avec ceux qui possèdent le bon tatouage et les autres. Finalement, seuls le suspect et ses trois complices sont concernés.

–   Ton visage ne m'est pas inconnu...

–   ... Misérable !

–   Lakan !

–   Oui, c'est bien moi ! Tu ne pourras plus nous arrêter, bientôt, nous régnerons sur la Haute et Basse-Égypte !

–   Tais-toi, mécréant !

Alors qu'il s'apprête à corriger le suspect, le jeune soldat revient vers Abif.

–   Général, Général ! Venez vite le médecin est mal en point !

Il n'avait pas vu ce qu'il se passait à l'intérieur, il se précipite vers Kar qui est assis sur une chaise la main sur la blessure.

–   Je suis désolé, Abif, j'ai essayé de les retenir, mais ils se sont enfuis.

–   Ne t'en fais pas, nous les avons tous arrêtés.

Malgré la douleur, Kar lance un sourire de satisfaction.

–   Ta blessure est-elle grave ?

- Je suis meilleur médecin que soldat... Je devrais m'en sortir.
- Ta mission est remplie, Kar. Pour moi, ta dette est rachetée.
- Merci...
- ... emmenez-le au palais, que le médecin de Pharaon le remette sur pied.

Le général aide Kar à se relever et le confie à ses hommes.

- Abif, vont-ils nous conduire vers l'antre des Ouatou ?
- Fais-moi confiance, je saurais les faire parler...

CHAPITRE 18 : FUITE DE MENOTHEP

Repère Ouatou, au même moment

Apothem fait son entrée dans la cavité souterraine dans laquelle il tient en détention le directeur des Greniers.

- As-tu passé une bonne nuit, mon ami ?
- Je t'interdis de m'appeler comme cela !
- Pourtant, c'est bien ce que nous étions il y a encore peu de temps.
- En me trahissant, tu as effacé de ma mémoire cet aspect.
- Nous savons tous les deux que ta mémoire est infaillible, Menothep.
- Je te hais.
- Ne t'énerve pas, d'autant que j'ai besoin de toute ton attention pour que tu me décryptes ce fameux papyrus de Tantareret.
- Je t'ai déjà dit que je ne collaborerais pas !

Apothem lui libère les mains afin qu'il puisse manger et lui tend un plat avec des fruits et de la viande séchée.

- Tiens, en attendant que tu coopères, car fais-moi confiance tu coopéreras, voici quelques victuailles. L'homme réfléchit moins bien le ventre vide.
- Tu sais que je déteste la viande séchée.
- Je le sais.

Menothep finit par se nourrir, il doit garder des forces s'il veut pouvoir s'échapper. Il a déjà tout en tête. En attendant, il aimerait avoir quelques réponses.

- Je n'arrive pas à comprendre comment tu peux te retrouver en face de moi, alors que tu es censé croupir dans une prison.
- Notre organisation est déjà bien répandue dans le royaume et dans toute l'administration égyptienne.
- Tu mens.
- Tu sais que j'ai raison, sinon comment aurais-je pu soudoyer le gardien de ma prison pour qu'un pauvre ivrogne purge cette peine à ma place ?
- Tu es un monstre !
- Ah ! ah ! ah !

Menothep reprend son calme, il doit profiter du plaisir qu'à son ennemi de se sentir invincible.

- Explique-moi comment tu en es arrivé là, Apothem.

Il lui tend un document.

- Le jour où je suis tombé sur ce papyrus sur les Ouatou, ma vie a changé. Je savais que je pourrais devenir quelqu'un d'important.
- Mais tu étais promis à un bel avenir, tu étais l'un des meilleurs scribes du royaume…
- … foutaise que tout ceci ! Le vizir n'avait d'yeux que pour ton don, cette maudite mémoire infaillible…

Il s'approche afin de lui murmurer quelques mots à l'oreille.

- Tu sais qu'en réalité, j'avais presque de l'affection… non… plutôt de la pitié pour toi… avoir un tel don et ne pas en profiter pour s'enrichir personnellement… quel gâchis !
- Tu me dégoûtes, Apothem.

Son geôlier n'apprécie guère cette remarque et lui met les mains autour du cou, prêt à l'étrangler.

- Et toi et ta stupide mémoire vous avez détruit ce que j'avais commencé à bâtir avec le Grand Prêtre...
- ... Aduj était un Ouatou ?
- Cet imbécile avait tant d'ambition qu'il a toujours refusé les propositions de mes camarades. Il n'a été pour moi qu'un simple pion me permettant d'accéder à leur chef.

Apothem lui attache de nouveau les mains. La stratégie de Menothep semble porter ses fruits ; il existe une personne qui dirige au-dessus de lui. Pour autant, il lui manque encore quelques informations avant de mettre son plan d'évasion à exécution.

Apothem est tellement volubile sur le bien-fondé des Ouatou qu'il le laisse parler. La moindre information recueillie sera forcément d'un grand secours pour son véritable ami, Abif.

Le directeur des Greniers a mis à profit la durée du monologue de son interlocuteur pour se libérer de ses liens... pour une fois, ses frêles poignées lui auront été utiles, se dit-il.

Soudain, une silhouette familière fait son apparition dans la grotte. Menothep est dans un premier temps très surpris, puis tout s'éclaire dans son esprit... elle faisait partie des agresseurs.

- Ah, te voilà. Je pense que les présentations sont inutiles ?
- Asa ! Tu es bien comme cette vermine ! Tu as profité de ma bienveillance pour me trahir !
- Tu croyais vraiment qu'un petit gringalet comme toi pouvait m'attirer ?
- Tu ne vaux par mieux que celui-ci.
- Je te demanderais d'avoir un peu plus de respect pour ma petite sœur Menothep.
- Ta sœur ? Mais... mais tu ne m'en as jamais parlé.
- Ah ! ah ! Tu croyais vraiment que nous étions amis ?

Ces mots vont droit au cœur du directeur des Greniers, mais il ne doit pas flancher, il a obtenu des informations importantes, c'est lui qui a les cartes en main, et non ce monstre.

> — Que tu peux être naïf, mon pauvre Menothep. Asa, laissons notre ami à ses réflexions.

Apothem et sa sœur laissent leur prisonnier seul et lui concèdent une heure pour revenir sur sa décision de décrypter le papyrus.

Le moment est venu, il ôte les liens qui lui maintenaient les mains, puis s'attaque à la corde accrochée à sa cheville. Il ne lui faudra pas plus de deux minutes pour être totalement libre.

Il a eu tout son temps pour réfléchir à son plan d'évasion, grâce au bruit, aux échos, il a dessiné dans sa tête la forme du boyau de la grotte menant à la sortie, il sait exactement combien de personnes sont présentes et où elles se situent à ce moment précis.

Maintenant, il va devoir mettre en pratique les techniques de furtivité qu'il a apprises de son défunt père soldat. Il se lève et colle son corps menu le long de la paroi… il avance lentement, lui et la pierre ne faisant plus qu'un. En agissant de la sorte, il est en permanence invisible, caché par l'ombre de la grotte.

Il se fait tout le chemin dans la tête : cinq coudées, puis à droite, douze coudées, puis à gauche… et là face à lui la lumière du jour !

Il sait très bien qu'à cette heure-ci il n'y a que deux gardiens, plus occupés à se reposer à l'ombre d'un acacia après un repas bien arrosé, plutôt que de se soucier d'un prisonnier solidement attaché.

Il est conscient qu'une évasion de nuit aurait été plus favorable, mais le chemin à parcourir est encore long et le temps lui est compté. Il s'empare d'un âne appartenant aux Ouatou, et le plus silencieusement du monde s'enfonce dans le désert vers Karnak.

Au même moment, Abif a rejoint Karnak, les interrogatoires, dont il a le secret, ont été fructueux. Un grand nombre de notables ont été arrêtés et il a réussi à obtenir les informations sur le lieu de captivité de son ami.

– Tous les hommes sont prêts, Général.

– Très bien, préviens-les que nous partons.

Menothep est lucide ; sa cavale a de grandes chances d'échouer, le trajet qui le mènera vers la liberté est encore très long. D'après ses calculs, il a une heure d'avance sur les Ouatou, tout juste le temps estimé avant que ses gardiens ne s'aperçoivent de sa disparition… sauf si Apothem est revenu plus vite que prévu… Il se retourne régulièrement, anxieux à l'idée de constater une troupe à sa poursuite.

Cela fait maintenant près de deux heures qu'il déambule dans le désert, l'angoisse commence à l'envahir… ce serait-il trompé de direction ? Il devrait déjà approcher de Karnak. Alors qu'il est sur le point d'abandonner, là au loin, devant lui, il entrevoit les majestueux remparts du domaine d'Amon.

– Merci !

Son cri de joie a attiré l'attention sur lui, un groupe d'hommes s'approche, Menothep se dit que si près du but, il a échoué, il doit s'agir des Ouatou, sa dernière heure est venue…

– Menothep !

Cette voix, cette silhouette imposante, il l'a reconnaîtrait parmi des milliers. La peur fait place à un immense soulagement.

– Abif ! C'est bien moi !

À peine est-il descendu de son âne, que le général s'approche de lui et l'enlace de toutes ses forces, comme pourrait le faire un père avec son fils.

– Je suis tellement heureux de te revoir, mon ami !

– Moi aussi Abif… mais tu me fais mal…

Emporté par son enthousiasme, il ne s'était pas aperçu que le directeur des Greniers n'avait plus les pieds au sol.

– Comment as-tu réussi à t'échapper ?

Menothep explique en détail la stratégie qui lui a permis de fuir, et surtout relate à son ami tous les détails qu'il a glanés lors de sa captivité.

– Apothem ! Quel scélérat !

- Si nous arrivons à l'arrêter, nous pourrons très certainement remonter jusqu'au chef des Ouatou. Mais tu ne m'as pas expliqué pourquoi tu te trouvais ici avec tes hommes.
- Grâce à Kar…
- … Kar ?
- Oui, Menothep, tu avais raison… il a changé. Il a permis l'arrestation de quelques Ouatou que j'ai pu faire parler.
- Que t-on-t il apprit ?
- L'existence du repère duquel tu t'es échappé, c'est la raison pour laquelle nous nous apprêtions à partir vers le désert.

PARTIE 4

LA DOUZIEME CRYPTE

Je vous guiderai vers la voie de vie La bonne voie de celui qui obéit à Dieu Heureux celui que son cœur conduit vers elle Celui dont le cœur est ferme Sur la voie de Dieu. Affermie est son existence sur la terre.

Petosiris, XXXe dynastie

CHAPITRE 19 : DÉCLIN ET DESTIN

Domaine de Karnak

Après s'être remis de ses émotions du retour de Menothep, Abif distribue ses ordres afin de mettre en place une stratégie dont il a le secret.

- Toi, prends trente de tes hommes, et dirigez-vous vers le point indiqué par le directeur des Greniers, en contournant par le nord
- À vos ordres Général !
- Quant à toi, réunis également trente soldats et allez sur le même objectif, mais cette fois-ci en contournant par le sud.
- Très bien Général !

Menothep s'approche d'Abif pour lui confirmer que ses hommes ont bien suivi ses instructions sur l'environnement du repère des Ouatou.

- Ils ne nous échapperont pas.
- Que faisons-nous maintenant ?

- Nous attendons que les Ouatou partis à ta recherche montrent le bout de leur nez, et nous les accueillerons de la meilleure des manières.
- Mais, ne crains-tu pas qu'ils se méfient et qu'ils rebroussent chemin ?
- J'ai tout prévu, mon jeune ami...
- ... Général, une troupe arrive.
- Cache-toi, et regarde attentivement.

Menothep aperçoit, entre les Ouatou et les soldats d'Abif, un homme de petite corpulence sur l'âne qui l'a amené jusqu'ici. La voici la fameuse surprise, se dit-il.

Les cinq poursuivants s'approchent rapidement du soldat juché sur son âne, puis le général donne l'ordre d'intervenir. L'effet de surprise est réussi, le temps qu'ils réagissent, trois d'entre eux sont déjà à terre, les deux autres profitent de la confusion pour s'enfuir. Le plus grand est stoppé net par une lance qui vient se figer dans son bras... le dernier ne demande pas son reste et tente de fuir vers le sud... face à lui une silhouette imposante bouche le passage vers la liberté... le soldat attrape les rênes de l'âne et fait tomber le fuyard.

- Souhaites-tu que je m'occupe de ta deuxième jambe, Apothem ?
- Abif ? Mais comment...
- ... lève-toi !

Le général l'attrape par l'épaule et le traîne vers les autres complices stoppés par les soldats.

- Apothem !

En voyant son frère, Asa est effondrée.

- Ne t'inquiète pas ma petite sœur, nous n'avons perdu qu'une bataille.
- C'est la guerre que tu as perdue, misérable vermine, lui lance Menothep.
- Toi... tu... Aaaaah !

Abif vient de serrer très fort l'épaule de l'ancien scribe.

- Tout est terminé, Apothem.

L'ancien scribe est transporté avec l'ensemble des autres protagonistes à la prison de Thèbes, pour une première nuit qui en annonce de nombreuses.

Le lendemain matin, les soldats viennent au rapport concernant la mission sur le repère des Ouatou.

- Général, nous les avons tous arrêtés.
- Des victimes ?
- Quelques blessés côté ennemis et un de nos hommes a reçu un coup de poignard dans le bras, il a été transporté chez le médecin Kar pour qu'il s'occupe de lui.
- Combien étaient-ils ?
- Douze.
- Excellent travail. Va me chercher le chef de la garde.
- Bien Général.

Au bout de quelques minutes, Naliton fait son apparition.

- Vous m'avez demandé, Général.
- Oui, j'ai une mission importante à te confier.
- Je vous écoute.
- Prends quelques hommes de confiance et retourne dans la grotte des Ouatou, j'aimerais que tu fouilles minutieusement les lieux et que tu me rapportes tous les papyrus que tu y trouveras.

Une fois les derniers ordres passés, Abif se dirige vers la salle des interrogatoires. En entrant dans la pièce, se trouve assis, entouré de deux solides gaillards, l'un des membres importants du groupe de mécréants, Apothem.

- Est-ce que la nuit t'a remis les idées en place ?

Le prisonnier se tait et sourit.

– Comme tu voudras, de toute façon tu n'as plus beaucoup d'intérêt pour moi… tu n'es qu'un simple soldat, je sais que tu n'es pas le chef… où est-il ?

– …

– Très bien, tu endosseras donc tous les crimes… et je peux t'assurer que Pharaon ne sera pas aussi clément que la dernière fois…

– … jamais tu ne le trouveras, il est bien trop malin !

– Ramenez-moi cette vermine en prison.

Quelques heures plus tard, Abif et Menothep déambulent sereinement dans les allées du jardin du palais, ils doivent rejoindre Pharaon qui les attends avec impatience.

– Ces fleurs sont vraiment splendides.

– Le nouveau jardinier a su mettre en pratique tout ce que lui a appris Ahmir.

– Il nous aurait été d'un très grand secours pendant cette période trouble.

– Je le sais, Menothep, mais je peux t'assurer qu'il n'est jamais très loin.

Ils montent les quelques marches de marbre qui donnent accès à la grande terrasse du palais. Mosolan n'est pas seul, il est accompagné de Lia et Baagon.

– Tu ne m'avais pas prévenu que la fille de Pharaon et le Grand Prêtre étaient autant liés, murmure Menothep à l'oreille du général.

– Approchez, que je puisse vous féliciter pour votre évasion, directeur des Greniers.

– Merci Pharaon.

- Quant à toi, Abif, je sais que la victoire est proche et que le royaume de nouveau te doit beaucoup.
- Je n'ai fait que suivre la voie de Maât et les dieux m'ont été en aide.
- Que de sages paroles, mon vieil ami. Baagon m'a mis au courant que tu étais dorénavant un père divin et que bientôt tu serais admis aux Grands Mystères. Je suis très fier de ta progression.
- J'y aspire en mémoire d'Ahmir.
- Qu'en est-il des Ouatou ?
- Nous les avons pratiquement tous anéantis, seul leur chef nous échappe encore, mais je vous assure que ses jours sont comptés.
- Les papyrus ont-ils été retrouvés ? demande Baagon.
- Apothem n'avait rien sur lui ni aucun des autres Ouatou. J'ai envoyé le meilleur de mes hommes fouiller leur repère, ils doivent les avoir laissés sur place.
- Ne crois-tu pas qu'ils sont en possession de leur chef ?
- Je les ai vus lorsque j'étais captif, ils cherchaient à me le faire décrypter.

Mosolan s'approche de Menothep et Abif, leur pose chacun une main sur l'épaule.

- Allez vous reposer mes amis, vous l'avez bien mérité. La Haute et la Basse-Égypte vont encore avoir besoin de vous dans les prochaines heures.

Les deux hommes saluent tous les convives avant de partir.

Quelques minutes plus tard, Mosolan est pris d'un nouveau mal de ventre intense, Lia l'aide à s'asseoir.

- Père !
- Ça va aller mon enfant, ne t'inquiète plus pour moi. Je sais que mon heure est proche.

Elle lui embrasse tendrement la main, en versant quelques larmes.

- Ne sois pas triste, j'ai fait mon temps parmi les mortels, les dieux vont bientôt me rappeler auprès d'eux afin que je puisse faire mon grand voyage. Je compte sur toi, soit forte pour soutenir ta mère et tes jeunes sœurs.

– Je serais à la hauteur.

– Approche Baagon, mon frère.

Il leur prend chacun une main et les réunit.

– D'ici quelques jours, votre union sera officialisée.

Ils lui sourient en signe de gratitude.

– Vous êtes tous les deux appelés à un grand destin…

CHAPITRE 20 : LES PAPYRUS

Repère des Ouatou

Naliton suit strictement les ordres d'Abif, ramener les papyrus, sans plus de détail. Il décide donc de rapporter tous les documents qu'il trouvera et la tâche s'avère plus longue que prévu.

— Chef ! j'en ai découvert un autre !

Il ne se doutait pas que la grotte recelait de nombreuses cavités et boyaux propices à contenir des cachettes.

Les recherches dureront près de trois heures et c'est pratiquement cinquante papyrus que les hommes de Naliton dénicheront.

— Ce n'est plus une grotte, c'est une véritable bibliothèque, s'amuse l'un des soldats.

— Au lieu de plaisanter, chargez tous ces documents sur vos chars... et avec délicatesse !

Quelques heures plus tard, dans les appartements privés de Pharaon, Baagon et Mosolan attendent la venue de Menothep qu'ils ont souhaité rencontrer en privé pour l'entretenir sur un sujet de la plus haute importance.

Menothep est introduit auprès de son souverain.

–   Bienvenue Directeur des Greniers, j'espère que vous vous êtes bien remis de vos émotions.

–   Oui, merci de votre sollicitude Pharaon.

–   Menothep, nous souhaitions avec Baagon vous parler de la confrérie de Tantareret.

–   De quoi s'agit-il ?

Après l'avoir fait passer par la salle secrète et invité à prêter serment sur la statuette de Maât, chacun à leur tour, les deux Grands Élus exposent en détail l'histoire de cette fameuse confrérie au Directeur des Greniers. Il écoute avec attention et comprend rapidement qu'il détient à présent un mystère ancestral.

–   Je suis flatté par la confiance que vous me faites en me racontant tout ceci, je saisis un peu mieux maintenant certains récits que j'ai pu lire dans de vieux papyrus lorsque j'étais scribe.

–   La véritable raison de notre dévoilement, mon cher Menothep, c'est que nous souhaiterions que tu remplaces mon père pour devenir le troisième Grand Élu.

Le directeur des Greniers est surpris par la demande, et réfléchit un long moment avant de répondre, il sait ce que cela implique. Sa décision est donc prise.

–   C'est une immense responsabilité… j'en serais ravi.

Alors que la discussion s'achève, le général Abif entre dans les appartements de Mosolan.

–   Pharaon, mes hommes sont revenus du repère des Ouatou.

–   Ont-ils trouvé le papyrus ?

–   Je ne saurais vous dire… mais je pense que vous allez être surpris et Menothep va nous être d'une grande aide.

Attisés par la curiosité, les trois hommes suivent Abif jusqu'à la grande salle du trône. Ils sont effectivement interloqués de voir, posées au sol, trois grandes besaces desquelles dépassent plusieurs dizaines de papyrus.

– Excellent travail, Naliton !
– Merci Pharaon.
– Maintenant, est-ce que le document que nous recherchons se trouve dans l'un de ces sacs ?

Baagon et Menothep commencent à fouiller minutieusement leur contenu. Ils vident un à un les sacs, et n'en reviennent pas de ce qu'ils ont devant les yeux.

– Comment est-ce possible ?
– Qui a-t-il, Menothep ? lui demande Mosolan.
– La plupart des papyrus, ici présents, avaient mystérieusement disparu des archives lorsque j'y étais encore en poste… ah, voici celui qu'ils m'ont volé…
– … et j'imagine que celui-ci doit être notre fameux papyrus, insiste Baagon en le tendant vers Pharaon.
– C'est bien lui. Apportez-moi ces deux documents.

Les deux hommes s'avancent près du trône et s'exécutent.

– Abif, ramène tous les autres papyrus aux archives du royaume, notre futur vizir Menothep sera en faire bon usage.

L'annonce surprend, dans un premier temps, l'assemblée, mais rapidement chacun félicite le directeur des Greniers, tant cette nomination paraît être une évidence. Baagon s'approche de lui et lui murmure quelques mots à l'oreille.

– Mon père serait très heureux d'apprendre que tu lui succèdes.

Ces mots touchent profondément Menothep, et finit par balbutier un remerciement.

– Je… je suis vraiment flatté, Pharaon.
– Je suis convaincu que vous saurez mener à bien cette charge, mon cher Menothep. En attendant, c'est une mission beaucoup

plus délicate qu'il vous reste à réaliser avec le Grand Prêtre…
découvrir le secret caché dans le papyrus de Tantareret.

Cela fait maintenant deux jours que Menothep et Baagon sont
enfermés dans la grande salle des archives, l'ambiance n'est pas au
beau fixe.

    –   Je suis fatigué, Baagon.

    –   Moi aussi. Je crois que nous n'arriverons plus à rien.

La grande porte menant à la salle vient de s'ouvrir et Abif fait son
apparition.

    –   Vous m'avez l'air bien épuisés, mes amis.

    –   Nous tournons en rond, Abif. Mais que fais-tu ici ?

    –   Mosolan souhaiterait vous parler à tous les deux.

    –   Très bien, nous te suivons.

Les trois hommes retournent à pied jusqu'au palais situé à quelques
pas. Ils empruntent le même chemin sur lequel Menothep avait été
capturé. Entouré de deux colosses, il ne ressent aucune crainte, et
surtout les Ouatou sont pratiquement tous sous les verrous.

Ils font leur entrée dans la salle du trône où les attend Mosolan,
Neferi et Lia. Pharaon est assis, son visage est de plus en plus émacié,
il ne peut plus cacher toute la souffrance qu'il endure. La reine et sa fille
tentent de rester dignes face à l'inéluctable…

    –   Baagon, approche. Je souhaite que dorénavant ta place dans cette
        salle soit officiellement auprès de ta future épouse, à mes côtés.

Le Grand Prêtre s'exécute et prend la main de Lia en signe
d'affection.

    –   Avez-vous découvert quelque chose ?

Menothep s'empare de la parole en premier.

- Malheureusement pas. Nous butons sur plusieurs soucis de traduction.
- Le texte a été écrit à une époque où les hommes savaient mieux manier les gravures sacrées[43], poursuit Baagon.
- Nous sommes pour autant arrivés à la même conclusion que notre regretté Ahmir, il existe bien une douzième crypte secrète, cachée dans les méandres des sous-sols du domaine de Tantareret, complète Menothep.
- Je sais tous les efforts que vous faites et je suis convaincu que vous arriverez à trouver l'emplacement de cette crypte… mais le temps nous est compté…

Mosolan essaie de dissimuler une douleur qui vient de le surprendre.

- … Abif… prépare une expédition pour dans quelques jours, nous nous rendrons tous sur Tantareret.

---

[43] Traduction littérale de hiéroglyphe.

CHAPITRE 21 : MENOTHEP L'ELU

An 36 de Mosolan, mois de Thout[44], Palais de Pharaon

Comme il avait fait quelques mois plus tôt pour Baagon, c'est Abif qui est allé quérir Menothep, fraîchement nommé vizir, afin qu'il soit reçu rituellement membre de la confrérie de Tantareret.

    — Ton père serait fier de toi, mon jeune ami.

    — C'est à lui que je pense, en ce moment.... Je sais qu'il t'avait demandé de veiller sur moi sur son lit de mort... je... je t'en suis très reconnaissant.

    — Je n'ai fait que tenir une promesse, Menothep. Même si j'ai parfois failli, mais maintenant que tu es devenu vizir, c'est toi qui vas devoir veiller sur moi.

Les deux hommes se mettent à rire de concert, cela faisait très longtemps que ce ne leur était arrivé.

---

[44] Dans l'Égypte antique, Thout, du nom du dieu Thot, est le premier mois du calendrier nilotique (basé sur la crue du Nil). Ce mois correspond à juillet-août.

En franchissant le seuil des appartements privés de Pharaon, Baagon est là qui attend.

– Merci, Abif, je vais m'occuper du vizir.

Une fois le général parti, la cérémonie peut commencer. Baagon confie une torche à Menothep, puis lui noue autour de la taille la même corde utilisée pour sa propre élection quelques mois auparavant.

– Mon frère, entre dans la salle et soit prudent.

Il s'introduit dans la pièce obscure à peine éclairée par la lueur de sa torche. Baagon tire alors sur la corde pour ramener l'impétrant vers la sortie.

Une voix se fait entendre dans la noirceur intense, celle de Mosolan.

– Grand Initié ! Prudence ! Tes yeux ne font que te montrer tes propres limites ! Regarde avec ton akh[45], et tu découvriras la voie de la Conception Suprême !

À ces mots, Baagon relâche la corde et Menothep peut de nouveau franchir le seuil de la chambre secrète.

Le vizir suivra le même parcours que chaque Élu aura suivi avant lui, celui des onze cryptes allégoriques

Le voyage se termine devant l'autel surmonté par la statuette représentant la déesse Maât.

– Grand Initié ! Te voici arrivé au terme de ton voyage !

Menothep peut enfin apercevoir le visage de Mosolan qui vient de prononcer ces mots.

– Allume de ta torche les flambeaux de Maât !

Il s'exécute ; la déesse semble s'animer.

– Afin de sceller notre union et accueillir le troisième Grand Élu de Tantareret, formons une chaîne !

Les trois hommes se prennent la main en constituant un cercle autour de l'autel.

---

[45] Ce mot est apparenté à une racine égyptienne qui signifie « lumineux ». Ce principe lumineux et immortel faisait partie des éléments invisibles de la personnalité. Il est lié au principe de puissance créatrice.

– Le cœur de l'homme est un don de Dieu, garde-toi de le négliger.

Un long silence de méditation se met en place, puis Mosolan reprend la parole.

– Maintenant mes frères, quittons la chaîne !

Comme pour l'élection de Baagon, un courant d'air puissant vient éteindre tous les flambeaux, aussitôt le nouveau Grand Élu est sorti rapidement de la salle.

– Ce que nous venons de vivre nous indique que nous devons en toute circonstance maintenir notre union, que rien ne doit pouvoir nous en éloigner.

Une fois la cérémonie terminée, les félicitations d'usage ont lieu.

– Je suis vraiment très heureux de te savoir parmi nous Menothep.

– Merci Baagon.

– Tu sais qu'Ay m'avait toujours dit que pour lui tu étais la seule personne qu'il jugeait digne de lui succéder en tant que vizir. Je sais qu'il avait raison, c'est pour cela qu'il m'est apparu évident que tu serais également son successeur au sein de la confrérie.

– Merci à tous les deux, je suis vraiment très fier de faire partie des Grands Élus de Tantareret.

– Et le souffle qui éteint les flambeaux, lui précise Baagon, est là pour nous rappeler que seuls nous ne pouvons rien, que nous devons veiller les uns sur les autres surtout dans les moments les plus sombres.

Les trois hommes poursuivent leur discussion autour de quelques victuailles servies sur la terrasse.

– Est-ce que tu as pu remettre de l'ordre dans les archives avec l'ensemble des documents retrouvés chez les Ouatou ? Lui demande Mosolan.

– Oui, et cela m'a permis de voir qu'il restait encore quelques traces du passage d'Apothem, avec des tablettes falsifiées afin de cacher ses larcins.

– Je savais que tu assumerais pleinement ton rôle de vizir.

– Je pense que nous devons retourner à nos recherches sur le papyrus de Tantareret, mon cher Menothep.

– Tu as raison, allons-y.

– Je ne saurais vous rappeler l'importance et l'urgence de votre tâche, mes frères, l'Isfet n'a pas encore été totalement abattue, le chef des Ouatou est toujours là, tapi, prêt à nous faire sombrer dans le chaos. Mais un repos salvateur est nécessaire, nous reprendrons ensemble ces recherches, dès la levée du Soleil.

Mosolan prend à part Baagon pour lui signifier que sa nouvelle demeure est au palais.

– Vous habitez donc officiellement sous le même toit avec ma fille Lia. Tu sais ce que cela veut dire ?

– Oui, notre mariage.

– C'est bien là votre souhait à tous les deux ?

– Nous le désirons ardemment.

– Dans ce cas, vos consentements seront énoncés officiellement lors de la prochaine fête de l'Opet.

CHAPITRE 22 : DÉCRYPTAGE

Le lendemain matin, Palais de Pharaon

Arrivé au palais, Menothep retrouve Baagon et ils se dirigent tous les deux vers les appartements privés de Mosolan. Ils sont vraiment inquiets sur son état de santé qui semble se dégrader de jour en jour.

- Crois-tu qu'il existe un espoir que Kar et Bakaa trouvent un remède pour le guérir ?
- Je crains que non, Menothep. Espérons qu'ils parviennent à le maintenir sur pied tant que nous n'aurons pas découvert le secret de Tantareret.

Ils arrivent enfin sur place, où ils sont accueillis chaleureusement par Pharaon.

- Heureux de vous revoir mes frères, une tâche importante nous attend, aujourd'hui.

Les deux hommes sont surpris de le voir aussi alerte, ce matin. Malheureusement, ils le savent, ces périodes de bonne santé apparente sont très courtes et de plus en plus rares.

Les Grands Élus s'installent sur la terrasse, où les attend un petit-déjeuner composé de fruits et de lait de chèvre. Menothep sort de sa besace plusieurs papyrus qu'il a empruntés aux archives du royaume et les étale sur la grande table de marbre blanc.

– Nous n'avons, pour le moment, qu'une seule certitude, précise Mosolan : l'existence d'une douzième crypte secrète.

– C'est exact, nous en sommes arrivés à la même conclusion qu'Ahmir. Nous savons également qu'il était fasciné par la fresque que voici. C'est sur celle-ci que nous avons poursuivi nos recherches.

– Avez-vous découvert quelque chose ?

– Malheureusement rien, pour le moment. Il nous manque probablement une clef pour déchiffrer cette fresque, insiste Baagon.

– Pour autant, poursuit Menothep, en relisant attentivement le papyrus de Tantareret, je me suis remémoré un autre ancien document qui semblait parler d'un endroit secret sur un vieux site. Voici ce document.

– Et qu'as-tu appris ?

– À vrai dire, c'est une autre interrogation qui m'est venue.

Menothep étale à côté du premier papyrus, celui de Tantareret.

– Regardez ici, cet étrange hiéroglyphe, nous le retrouvons également sur l'autre document. J'avoue ne pas avoir réussi à en décrypter le sens.

Chacun essaie d'interpréter sa signification… en vain, puis Baagon attire l'attention sur la ressemblance avec une autre gravure sacrée.

- Il est très proche de Per Ânkh[46], sauf qu'il semble que le bas de la croix ait été effacé.
- Non regarde bien, ce n'est pas la tête de l'ânkh[47], c'est un œuf qui est dessiné.
- Tu as raison, poursuit Mosolan, ces œufs que nous retrouvons sur la fresque, symboliquement représentés par les fleurs de lotus.

- Il ne peut s'agir d'une coïncidence, ce hiéroglyphe dépeint forcément la crypte secrète ; la maison de l'œuf. L'entrée doit se situer derrière…
- … la maison de l'œuf ?
- Je sais, je sais. Pour le moment, c'est un peu flou, mais nous allons découvrir la vérité.

Menothep attire l'attention sur un autre passage du papyrus de Tantareret.

- Voyez-vous cette phrase dans la dernière partie ne m'est pas totalement inconnue. Je l'ai retrouvé écrit sur une ancienne tablette en argile.
- De quelle phrase parles-tu ? Lui demande Mosolan.
- Celle-ci : « *Ouvre tes oreilles, écoute ces paroles, donne ton cœur, malheur à celui qui les néglige ! Qu'elles reposent en ton for intérieur, qu'elles soient verrouillées dans ton cœur. Si tu mènes ton existence avec ces paroles dans ton cœur, tu réussiras.* »
- Tu as raison, Menothep, il ne doit pas s'agir, ici non plus, d'un hasard, insiste Baagon.
- Je me suis penché sur ces notions de cœur et de verrouiller, mais… regardez sur le dessin de la fresque.

---

[46] Désigne, dans l'Égypte antique à la fois à une institution et un lieu d'enseignement scolaire.
[47] Signifie « vie ». Il était utilisé par les Égyptiens pour symboliser la vie.

Le vizir tend la reproduction à ses frères afin qu'ils l'observent attentivement avec lui.

- Je l'ai scruté dans tous les sens, et je n'y vois rien qui puisse ressembler à un cœur.
- Peut-être ne s'agit-il pas d'un cœur comme nous l'entendons, mais du centre de quelque chose.
- J'y ai pensé aussi, Mosolan, mais au centre de quoi ?

Cela fait plusieurs heures que les trois Grands Élus discutent sur l'ensemble des pistes envisageables, mais l'état physique de Pharaon paraît se dégrader de minute en minute.

- Mosolan, nous voyons bien que tu souffres, lui dit Baagon. Je t'en prie, va te reposer. Nous allons poursuivre les recherches avec Menothep.
- Nous devons agir vite, je ne le peux pas… ahhh…
- Tu vois, tu n'es plus en état, pour aujourd'hui. Tu nous seras plus utile en forme, mon frère. Je t'en supplie, va te reposer.
- Baagon a raison, Mosolan.
- Très bien. Je vous retrouve dans quelques heures.
- Voici une sage décision. En attendant, nous allons faire tout notre possible pour en apprendre plus sur le lieu de cette crypte, et surtout, comment y accéder.
- Que les dieux soient avec vous mes frères.

Alors qu'il s'apprête à partir, il se retourne vers les deux hommes, l'air solennel.

- Le combat que je mène contre le fléau qui m'envahit est dur… je ne sais pas combien de temps je résisterais encore… les heures me sont, nous sont comptées, mes frères.
- Nous le savons, malheureusement, Mosolan.
- C'est pourquoi, dans cinq jours, une expédition partira sur le site de Tantareret afin de découvrir cette douzième crypte, le lendemain de ma dernière fête de l'Opet.

Baagon et Menothep savent que leur souverain a raison, mais leurs regards ne peuvent cacher leurs désarrois.

– Ne soyez pas tristes, mes frères… d'autant qu'à l'occasion de cet événement, je ferais une annonce de la plus haute importance au peuple d'Égypte.

Après ces quelques mots, Mosolan retourne dans ses appartements pour un repos salvateur.

Conscients de leur tâche et du peu de temps qu'ils leur restent, Baagon et Menothep passeront une grande partie de la nuit, chez le vizir, où ils confirmeront les conclusions de la journée… mais pour le moment l'accès à la douzième crypte reste encore inconnu…

CHAPITRE 23 : RECHERCHE

Le lendemain matin, Thèbes

L'astre de Râ étend ses rayons depuis plusieurs heures, lorsque Menothep se lève, et retrouve Baagon sur la petite terrasse. Le Grand Prêtre a passé la nuit dans l'une des nombreuses chambres de la demeure du vizir… leurs réflexions s'étant terminées assez tard.

– As-tu bien dormi, mon frère ?

– Je me sens en pleine forme, Menothep. Je crois que nous avions un grand besoin de nous remettre de ces heures de recherche.

À peine cette petite discussion matinale débutée, qu'ils sont interrompus par l'arrivée d'Abif suivi de deux servantes transportant chacune un grand plateau.

– Bonjour, mes amis.

– Abif ? Mais que fais-tu ici ?

– Je me suis dit que vous auriez besoin de vous rassasier avant d'entamer une journée de travail intense.

Les jeunes servantes déposent l'ensemble des victuailles sur la table en acacia. Abif ayant pris soin d'apporter les mets préférés de chacun de ses amis. Viande séchée pour Baagon, poisson pour Menothep, le tout avec quelques fruits, notamment des dattes dont raffolent les deux hommes.

– Excellente initiative, Abif, nous mourrons de faim.

Le Grand Prêtre et le vizir s'installent et entament leur repas.

– Avez-vous fait de nouvelles découvertes ?

– Nous sommes certains que la crypte se trouve derrière la fresque, nous cherchons toujours la clef qui permettra son ouverture.

– J'y ai réfléchi, pourquoi ne pas simplement détruire le mur ? Demande le général.

– Tu n'y penses pas ?

– Je ne comprends pas. Cela serait efficace et rapide.

– Il n'est pas question de détruire une œuvre comme celle-ci, poursuit Menothep.

– De plus, si des hommes ont mis en place un moyen aussi ingénieux pour ouvrir la crypte, il est très probable qu'ils aient prévu l'éventualité que quelqu'un puisse démolir le mur.

– Tu veux dire que si nous n'utilisons pas la bonne clef, la crypte disparaîtra à tout jamais.

– C'est une possibilité que nous ne pouvons pas exclure, Abif.

Baagon lui montre le papyrus de Tantareret.

– Et nous savons que la clef est dans ce paragraphe…

– … Euh, je suis désolé, mais je n'ai pas encore acquis suffisamment de connaissance pour comprendre l'ensemble du texte.

– Oui, excuse-moi. Voici ce qu'il est dit : « *Ouvre tes oreilles, écoute ces paroles, donne ton cœur, malheur à celui qui les néglige ! Qu'elles reposent en ton for intérieur, qu'elles soient verrouillées dans ton cœur. Si tu mènes ton existence avec ces paroles dans ton cœur, tu réussiras.* »

– C'est effectivement très abstrait.

– Vous avez étudié toutes les oreilles et les cœurs des personnages présents sur la fresque.

Menothep lui sourit.

– Bien sûr, mon ami. C'est la première chose que nous ayons regardée, même si cela nous est apparu trop simple. Toutefois, nous ne devons négliger aucune piste.

– Tu sais, dans mes enquêtes, je me suis fréquemment aperçu que la solution la plus évidente était souvent la meilleure.

– J'en suis persuadé, mais je crains que pour ce coup-ci nos prédécesseurs aient sciemment cherché la difficulté, lui répond Baagon.

À son tour, le vizir tente une nouvelle approche.

– Peut-être faisons-nous fausse route. Peut-être que la traduction que nous imaginons n'est pas la bonne.

– Nous savons très bien tous les deux que c'est une piste que nous avons d'ores et déjà écartée. Notre interprétation est la seule envisageable, Menothep.

– Je sais, je sais, mais je commence à perdre espoir…

– … Attendez !

Abif réfléchit quelques secondes et se lance dans une autre hypothèse.

– Je vois bien toute la difficulté que l'ensemble du document vous pose, ne pourriez-vous pas concevoir que ce fameux texte que vous imaginez être la clef qui ouvrira le mur de la fresque, soit en réalité la clef qui permet de décrypter le texte dans son ensemble.

– Que veux-tu dire ?

– Au cours de mes différentes enquêtes, souvent lorsque j'ai une piste, elle me permet d'accéder à une autre piste. Ne pouvez-vous pas envisager que la clef que vous cherchez permet, en réalité, d'accéder à une autre clef ?

À leur tour, les deux hommes se regardent surpris, interloqués par ce que vient de leur dire le général.

- Mais bien sûr !
- Abif, tu es un génie !
- Menothep a raison. Nos esprits ont pris le pas sur notre cœur. Tout est là devant nous.
- Mais c'est évident, le texte est la première clef, qui va nous permettre d'accéder à la prochaine clef, celle qui nous introduira dans la douzième crypte ! Merci Abif !

Le Grand Prêtre et le vizir ne perdent pas de temps, ils reprennent en détail le papyrus de Tantareret afin d'y trouver le passage précis pour retrouver la clef tant recherchée.

- Je vous laisse travailler, je retourne au palais prévenir Pharaon que vous avez fait une nouvelle avancée…

Visiblement, Abif parle dans le vide, ils sont tellement concentrés sur leurs tâches qu'ils n'ont pas prêté attention aux paroles du général. Il décide de partir discrètement, les laissant à leurs discussions passionnées.

- N'oublions pas que la crypte existe de puis la naissance de la confrérie, elle a du être construite sous l'égide de Pépi 1er, relance Menothep.
- C'est une évidence. Par conséquent, le texte que nous devons analyser fait assurément partie du début du papyrus.

L'ambiance a changé du tout au tout, l'enthousiasme est de retour, alors qu'ils poursuivent, ils se rassasient grâce aux douceurs fournies par leur ami.

- C'est vraiment une excellente idée que tu as eue là, de nous apporter ce petit-déjeuner, Abif… Abif ?
- Où est-il ?
- Probablement à l'intérieur.

Ils entrent ensemble, dans la demeure, à la recherche de leur ami.

- Abif !

Ils doivent se rentre à l'évidence, il est parti.

- Je crois qu'il est retourné au palais, Baagon…
- … qu'est-ce que c'est que ce bruit ?

— Je ne sais pas, cela paraît venir du jardin.

Les deux hommes se précipitent à nouveau vers l'extérieur, et à leur stupéfaction, ce sont deux magnifiques ibis blancs qui semblent intéressés par le repas laissé sur la table.

Alors que Menothep s'apprête à courir vers eux pour les faire s'enfuir, Baagon le stoppe net.

— Non ! Ne fais rien.

— Mais, j'ai encore faim…

— … tais-toi, et observe.

Le plus grand des deux volatiles tient une datte dans son bec, et ne semble pas enclin à vouloir l'avaler, alors que le second étudie avec attention le papyrus de Tantareret. Menothep est interloqué par la situation, puis sa curiosité prend le dessus.

— Mais que font-ils ?

— Je ne sais pas encore, mais ce dont je suis certain, c'est qu'ils ne sont pas ici par hasard.

— Crois-tu qu'il puisse s'agir d'un signe des dieux ?

— J'en suis convaincu et je pense qu'Ahmir et mon père ne sont pas étrangers à tout ceci, Menothep.

— Regarde !

Celui qui tenait la datte l'a déposée délicatement sur le papyrus à l'endroit que le second désignait avec son bec. Après un dernier regard vers les deux hommes, ils se sont envolés en direction de l'est.

— Allons voir !

— Ce n'est pas croyable, Baagon. Ils viennent probablement de nous indiquer le paragraphe où se trouve la clef de notre énigme…

L'espoir renaît enfin, comme Baagon le présageait les dieux seront toujours là pour les soutenir dans leur quête.

CHAPITRE 24 : LA CLEF

An 36 de Mosolan, 30e jour du mois de Thout, Thèbes

Deux jours sont passés depuis l'étrange intervention des dieux. Baagon et Menothep, parfois aidés de Mosolan, ont étudié en long et en large le paragraphe indiqué par les ibis blancs.

- J'espère que nous ne nous sommes pas laissé aveugler par nos désirs…
- … ne dis pas cela, je suis certain qu'il s'agissait de messagers.
- Oui, bien entendu. Mais nous devons peut-être nous rendre à l'évidence, nous n'avons pas les connaissances suffisantes.
- Je t'en prie, Menothep.
- Tu as raison, nous ne pouvons pas baisser les bras ; nous le devons pour Mosolan.

Baagon ne souhaite pas entrer dans une spirale négative, et revient à la conversation initiale.

– Et s'il fallait simplement ajouter les hiéroglyphes cœur et oreille parmi ceux de ce paragraphe.

– J'y ai également pensé, mais regarde, cela n'a aucun sens.

Le vizir tend un papyrus sur lequel il a écrit plusieurs signes dans le texte original.

– Montre-moi… mmh… oui…effectivement, incompréhensible.

Menothep réfléchit à nouveau, s'empare de sa calabre, la trempe dans de l'encre, puis commence à dessiner des hiéroglyphes. Baagon est attentif. La dextérité de l'ancien scribe le fascine. Il attend patiemment que son camarade ait terminé, et après quelques minutes…

– Regarde, Baagon.

Il se penche sur le document et s'aperçoit qu'il a reproduit un signe sur deux du paragraphe original.

– Je ne saisis pas où tu veux en venir.

– Et bien, si par « *Donne ton cœur* », il faut comprendre que le cœur de chaque ligne doit être remplacé par d'autres hiéroglyphes.

– Pourquoi pas, mais lesquels ?

– Et bien, je me suis dit que la solution était peut-être dans le début du texte « *Ouvre tes oreilles, écoute ces paroles* ».

– Tu veux dire, revenir sur l'ensemble du premier texte et l'intégrer dans notre paragraphe ?

– Exactement !

– Et quel résultat cela donne-t-il ?

– Nous allons voir de suite.

Menothep reprend sa calabre et remplit les trous laissés par les signes manquants. Au bout de quelques minutes, le visage des deux hommes s'assombrit.

– Rien… cela ne veut rien dire.

– Ne désespérons pas Baagon, cherchons encore.

Près d'une heure passe, chacun de son côté tente une approche différente… en vain.

– Nous aurions besoin d'une aide complémentaire des dieux, mon ami.

- Oui et également de nous nourrir.

Un bruit se fait entendre dans le hall de la demeure, le chef de la garde, Naliton, accompagné de deux servantes et d'un bon repas font leur apparition.

- Décidément !
- Bonjour Naliton.
- Vizir, Grand Prêtre. Pharaon s'est dit que vous auriez probablement besoin de reprendre des forces.
- Bien lui en a pris. Tu le remercieras.
- Vous pourrez le faire vous-même, il m'a chargé de vous dire qu'il viendra vous rendre visite d'ici deux heures.

Après avoir déposé la nourriture sur la table en acacia, le petit groupe s'en retourne au palais. Les deux hommes ne demandent pas leur reste et entament un repas mérité.

Après s'être rassasiés, ils poursuivent leur travail sans relâche.

- Je repensais à ta dernière idée, Menothep.
- Oui, je le sais, elle n'était pas concluante.
- Non, non, pas tant que cela.
- Que veux-tu dire ?
- Et si c'était l'inverse.
- L'inverse ? Explique-toi.
- Et bien, si nous prenions les hiéroglyphes du paragraphe désigné par les dieux et que nous les insérions dans le texte.

Menothep réfléchit un instant, puis s'empare de son matériel et dessine suivant les instructions de Baagon… En vain…

- Non, non !
- Voyons mes frères, gardez espoir !

Pris dans leurs recherches, ils n'ont pas prêté attention à l'arrivée de Mosolan, escorté de cinq soldats, dont Naliton.

- Excuse-nous, nous ne t'avions pas entendu entrer.
- Ce n'est pas parce que vous avez l'impression de ne pas avancer que vous reculez.

–   Nous en sommes conscients, mais le temps ne joue pas en notre faveur.

Mosolan paraît affaiblie, il a beaucoup de mal à respirer et s'assied lourdement pour reprendre son souffle.

–   Je crains que tu aies raison, Baagon. La fin est proche, nous devons nous hâter.

–   Ce n'est pas ce que je voulais dire…

–   … je le sais, je le sais, mon ami. Alors, mettez-nous au travail.

–   Tu ferais mieux de te reposer, Mosolan, insiste Menothep.

–   Non, mon devoir est de vous venir en aide tant qu'il me restera assez d'énergie. Je pense qu'à ma place, vous feriez la même chose.

Ils savent, malheureusement, tous les deux que Pharaon a raison, ils doivent poursuivre leur investigation avec lui, ils décident donc de lui faire un résumé de leurs hypothèses.

–   Je suis certain que la vérité est proche mes frères.

–   Nous l'espérons.

–   Souvenez-vous du chemin accompli depuis le début de vos recherches. Souvenez-vous de la découverte de ce hiéroglyphe presque semblable à Per Ânkh, dont la petite différence était qu'un œuf avait remplacé l'Ânkh.

–   Il est vrai. D'ailleurs, nous ne savons toujours pas ce que veut dire la maison de l'œuf.

–   Je n'ai aucun doute que vous trouverez pourquoi le cœur de la maison Per[48] a changé.

Baagon et Menothep se regardent, une lueur d'espoir renaît, le détail qu'ils attendaient vient de leur sauter aux oreilles.

–   Vous me paraissez étranges, tout à coup, mes frères.

–   Mosolan, tu es un génie !

–   Je ne comprends pas.

---

[48] Signifie maison en hiéroglyphe.

– Abif avait raison, pourquoi aller cherché la complexité, alors que la solution est là devant nous depuis le début.

Ils reprennent tous les documents en leur possession, Menothep se saisie de sa calabre, Baagon lui tend un papyrus vierge et lui donne les indications. Ils sont tellement enthousiastes qu'ils ne perçoivent pas la douleur que tente de cacher Mosolan.

Ils retournent dans tous les sens leur nouvelle hypothèse et en sont persuadés : ils ont trouvé la clef pour accéder à la douzième crypte.

– Nous y sommes arrivés, Menothep !

– Oui, grâce à Abif et Mosolan !

– Mosolan ?

Ils viennent de se rendre compte qu'il souffrait le martyre. Baagon lui tend un verre de lait de chèvre.

– Tiens, prends ceci.

Pharaon s'exécute, il lui faudra plusieurs longues minutes, avant de regagne enfin des couleurs… les effets du remède sont de moins en moins évidents…

– Je vous écoute, mes frères, qu'avez-vous découvert ?

Menothep s'empare de la parole, le premier.

– Tout c'est éclairci lorsque tu as dit : « Le cœur de la maison Per a changé ». Jusqu'à présent, nous nous efforcions à remplacer des hiéroglyphes complets dans le paragraphe où se trouve la clef.

– Et malheureusement, précise Baagon, nous sommes tombés systématiquement dans une impasse.

– Ce ne sont pas les signes complets qu'il fallait modifier, poursuit le vizir, mais leur cœur !

– Je ne comprends pas.

– Et bien tout comme pour le Per Ânkh.

– Je vois. Et quel signe devait être changé ?

– L'oreille, Mosolan, l'oreille ! Le texte nous le dit explicitement : « Ouvre tes oreilles ».

– Mais bien sûr.

- Et c'est le cœur qui doit remplacer l'oreille! conclut le Grand Prêtre.
- Et cela a-t-il donné une réponse?
- Oui, Mosolan! Nous avons trouvé la clef!

Cette nouvelle semble restituer des forces à Pharaon, il se lève d'un bond et vient enlacer chacun des deux autres Grands Élus.

- Merci mes frères! L'espoir nous est maintenant permis de découvrir le secret de cette crypte, avant que les dieux ne me rappellent à eux.

PARTIE 5

LE SECRET

… O Égypte, Égypte, il ne restera de tes religions que de vagues récits que la postérité ne croira plus des mots gravés sur la pierre et racontant ta pitié…

Hermès Trismégiste

CHAPITRE 25 : FÊTE D'OPET

An 36 de Mosolan, mois de Phaophi, Louqsor

Le grand jour est arrivé, ce rendez-vous annuel que tout un peuple attend. La fête de l'Opet est l'occasion d'immenses réjouissances pour les simples citoyens de Thèbes.

La « belle fête », « heb nefer » permet à l'ensemble de la foule de suivre une procession qui mènera l'Amon-Rê[49] de Karnak, accompagné

---

[49] Il est le dieu le plus important de la mythologie égyptienne. Malgré son nom, sa véritable forme est celle d'Amon. Il prend les titres d'Amon-Rê lorsqu'il est dans toute sa gloire.

de son fils Khonsou[50] et de son épouse Mout[51] vers le temple de Louqsor où il reposera pendant quelque temps.

Baagon a supervisé de loin la préparation confiée aux autres prêtres ritualistes de Karnak. En tant que Grand Prêtre, il était en tête des porteurs de la barque divine suivant le trajet habituel, d'un reposoir à l'autre longeant le chemin bordé de sphinx qui mène du domaine de Karnak au temple de Louqsor.

Les festivités battent leur plein, une immense estrade de bois a été fabriquée pour l'occasion afin que chacun puisse apercevoir Pharaon lors du discours prévu, que les notables du pays attendent avec impatience.

L'un des trônes du royaume a été amené sur place, Mosolan s'y trouve, assis, le visage impérieux, ne laissant entrevoir aucune souffrance. Sur sa droite se tient la reine Neferi, debout et fière d'être l'épouse d'un tel homme. Sur la gauche du trône, un couple qui commence à faire parler parmi les invités ; Baagon et Lia. En retrait derrière leur mère, les deux autres filles du couple royal, Lilith et Maya attendent patiemment les annonces de Pharaon.

Mosolan se lève, peu à peu la foule se tait. Le souverain fait quelques pas en avant. L'ensemble des notables est amassé sur les premiers rangs prêts à entendre la déclaration de Pharaon.

– Ce troisième jour du mois de Phaophi de l'an 36 de mon règne restera gravé à jamais dans les mémoires et les murs du temple de Karnak.

Il fait signe au Grand Prêtre, ainsi qu'à sa fille de s'approcher. Baagon a délaissé la pardalide qu'il portait durant la procession pour se vêtir d'un simple pagne blanc. Lia arbore la même tenue, ainsi qu'un énorme collier représentant la déesse Maât, conçue à partir d'un seul et unique bloc de lapis-lazuli, venant cacher sa poitrine nue.

---

[50] Il est le dieu qui personnifiait la Lune dans la mythologie égyptienne.
[51] Dans la triade de Thèbes, elle est la mère de Khonsou et l'épouse d'Amon. Elle a l'aspect de Sekhmet, mais plus généralement celui d'une femme coiffée de la couronne blanche ou d'un vautour.

– En présence d'Amon-Min[52] qui repose à Louqsor pour quelque temps encore, je vous annonce que j'ai consenti au mariage entre le Grand Prêtre de Karnak, Baagon et la princesse Lia, ma fille aînée.

Les deux époux s'approchent l'un de l'autre, se font face en se tenant les deux mains. Un silence très solennel envahit la foule. Ils ressentent l'intensité du moment, leurs regards se mélangent. Ils savourent l'instant au maximum, puis s'emparent tour à tour de la parole... l'auditoire est attentif.

– Lia, je te promets fidélité, et je te prends pour épouse.

Une larme de joie vient se perdre sur la joue de la princesse.

– Baagon, je te promets fidélité, et je te prends pour époux.

Une fois les vœux prononcés, la foule entière se met à crier de liesse. Les époux royaux et les nouveaux mariés savourent le bonheur renvoyé par le peuple. Mosolan laisse la joie s'exprimer encore quelques instants, puis s'approche de nouveau pour s'adresser à l'assemblée.

– Silence !

Quelques secondes suffiront pour que la demande de Pharaon soit exaucée.

– Aucun d'entre nous n'est éternel parmi les hommes, mais un pharaon le devient une fois que son corps mortel a cessé d'exister.

Quelques murmures commencent à se faire entendre parmi les notables.

– Je sais qu'il ne me reste plus beaucoup de temps à vivre, les années ont déjà fait leur œuvre, je n'attends plus que le rappel des dieux parmi eux. Je dois dès maintenant penser à l'avenir de la Haute et Basse-Égypte, je dois prévoir ma succession...

---

[52] Dans la mythologie égyptienne, Amon-Min est un dieu ithyphallique, car représenté, tel Priape, le phallus horizontal. Il est synonyme de fertilité.

De nouveaux murmures se font entendre, chacun proposant son hypothèse à son voisin.

– Silence, je vous prie !

Il sent qu'une douleur est sur le point de l'atteindre, il serre les dents afin de pouvoir finaliser son discours.

– En conséquence de ce que je viens de vous dire, je vous annonce que votre prochain Pharaon sera le Grand Prêtre Baagon, et votre reine la princesse Lia !

Un léger brouhaha se fait entendre puis rapidement les premières clameurs finissent par envahir la foule. La notoriété de Baagon est très importante à Thèbes, il est apprécié de tous, et sa gestion du domaine de Karnak est reconnue du nord au sud du pays. Les notables se bousculent pour venir féliciter le nouveau et futur couple royal.

Le Grand Prêtre n'a pratiquement pas réagi à l'annonce faite par Mosolan, il est resté figé, et tente de comprendre ce qui lui arrive.

– Baagon, mon frère. Tout va bien ?

– Oui, mais je t'avoue être surpris de ta décision.

– Qui croyais-tu capable de me succéder ?

– Je ne sais pas…

– … bien sûr qu'au fond de toi, tu le sais.

– C'est possible, mais promets-moi que je ne serais pas Pharaon avant de nombreuses années.

– Je ne saurais de promettre quelque chose d'impossible…

– … Baagon, père, que je suis heureuse de ce moment !

– Ma douce Lia, je sais que tu seras mener à bien ta future tâche, et ta mère t'y aidera.

– Le plus tard possible, père.

Mosolan enlace sa fille, sous le regard attendri de Neferi.

– Mon époux ne pouvait trouver meilleur successeur que toi Baagon.

– Je ne suis pas certain d'être à la hauteur d'un si grand homme.

– Ne te compare pas à Mosolan, reste à ta propre hauteur en t'efforçant de toujours te dépasser.

- C'est une expression…
- … d'Ahmir, oui. J'ai eu l'immense privilège d'apprendre beaucoup de choses à son contact.

Abif vient prévenir Pharaon qu'il est temps de repartir au palais.

Une magnifique escorte composée de près de cent chars de combat et quelques chars d'apparat transportant la famille royale reprennent le chemin de retour.

Baagon et Lia s'apprêtent à monter dans leur propre véhicule quand Abif et Menothep viennent à leur rencontre. Le général prend Lia dans ses immenses bras, il a toujours considéré les filles de Pharaon comme ses propres nièces et une grande complicité les unit.

- Je suis si heureux pour toi, ma petite princesse.
- Merci Abif.

Dans un même mouvement d'amitié, Menothep et Baagon se font une accolade fraternelle.

Le retour vers le palais se fera sous les acclamations d'un peuple conquis par les annonces de leur souverain. La fête se poursuivra jusqu'à la fin de la journée dans une liesse populaire.

CHAPITRE 26 : L'OGDOADE

Le lendemain, domaine de Tantareret

Cela fait près de trois heures que l'immense convoi se dirige vers le site de Tantareret, tout comme l'avait planifié Pharaon, quelques jours auparavant.

Abif a mobilisé cinquante soldats en charge de la sécurité des trois Grands Élus. Naliton, le chef de la garde est en-tête du cortège, tout près du char d'apparat de Pharaon. Cela fait de nombreuses semaines que Mosolan n'est plus apte à conduire lui-même son char royal. Mosolan et Menothep sont à ses côtés, ils sont très inquiets, la maladie ne semble plus laisser aucun répit à leur frère. Ils ont dû insister pour que Kar soit également du voyage.

— Vous avez fait un… un travail for… formidable…

— Je t'en prie, Mosolan. Repose-toi.

Il est vrai que Menothep et Baagon ont su mettre à profit ces derniers jours pour élucider l'énigme d'ouverture de la crypte, ils ont hâte de vérifier leur découverte.

Après quelques heures de voyage, la caravane s'approche de sa destination. Un modeste groupe de prêtres vient à la rencontre du convoi royal, à sa tête un petit homme trapu, le Grand Prêtre Mahaban, semble affolé par ce qu'il voit. Il se précipite vers le char d'apparat de Pharaon, en traversant la muraille de gardes postés en amont.

— Pharaon... mais, je... enfin, je ne vous attendais pas.

— Crois-tu que notre souverain ait besoin de s'annoncer partout où il se rend, mon cher Mahaban ?

Baagon, descendu le premier, s'est placé face au Grand Prêtre de Tantareret. La question qu'il vient de poser déstabilise Mahaban, tout autant que l'immense carrure de son homologue de Karnak.

— Euh... non, non... ce n'est pas... enfin, bien entendu... Soyez le bienvenu à Tantareret, Pharaon.

Mosolan le salue d'un signe de la tête puis descend à son tour.

— Allons-y.

— Très bien, très bien, mais où allons-nous ?

— Voir la représentation d'Harsomtous[53] dans la crypte du sud, lui répond-il d'un air décidé.

— Mais... mais, pour quelle raison ?

— Tu poses trop de questions, Mahaban.

— Oui, veuillez m'excuser. Suivez-moi.

Un groupe restreint entre dans le temple afin d'emprunter les escaliers et les différents couloirs qui mènent à leur destination. Seuls Mosolan, Baagon, Menothep, Mahaban, Kar et Abif sont autorisés à pénétrer.

---

[53] Harsomtous (Horus qui unit les deux Terres) est un dieu de la mythologie égyptienne. Fils d'Hathor et d'Horus d'Edfou, il est célébré lors des rites agraires et des fêtes lunaires.

Chacun se saisit d'une torche que leur tend le Grand Prêtre. Ils descendent une première série de marches, puis s'y dirigent dans un long couloir sombre, une nouvelle série de marches, et enfin un dernier corridor qui mène directement à la fresque.

- Elle est magnifique, s'extasie Menothep.
- Tu as raison, nous pouvons admirer le moindre détail, la finesse du travail réalisé, lui répond Baagon qui, comme à son habitude, pose sa main sur la pierre pour en ressentir l'énergie.
- Pourquoi vouliez-vous absolument vous rendre ici ? Insiste Mahaban.
- Nous ne pouvons rien vous dire pour le moment.
- D'ailleurs mon cher Mahaban, nous allons devoir quitter Pharaon, le Grand Prêtre de Karnak et le vizir. Suivez-moi avec Kar, lui ordonne le général.
- Comment ? Mais pour quelle raison ? Pharaon, je ne comprends pas...
- ... Je vous en prie, veuillez nous laisser, comme vous l'a demandé Abif.

Il s'exécute en essayant de cacher son amertume, aidé par la large main du général posée entre ses omoplates...

Kar se retourne vers son souverain, l'air soucieux.

- Je ne suis pas rassuré de vous abandonner dans les profondeurs du temple.
- Je suis d'accord avec le médecin, Pharaon.
- Je vous en prie, nous n'avons pas le choix.
- Comme vous le voudrez, mais je resterais près de l'entrée.

Une fois s'être assuré d'être seuls, Baagon sort de sa besace trois petits tubes de fer qu'un forgeron a fraîchement préparé quelques jours auparavant. Grâce à la clé de décryptage, ils ont découvert l'existence de trois cavités dans lesquelles introduire ces fameuses tiges de métal, sur la fresque dessinée par Ahmir.

– Espérons qu'il ait bien suivi nos consignes, que le diamètre et la longueur soient les bons.

– Rassure-toi, Menothep, c'est l'un des meilleurs artisans du royaume.

Le décryptage du papyrus a permis de découvrir que l'ouverture devait se faire en enfonçant dans trois trous disposés sur la fresque, trois tiges de fer d'une longueur d'une coudée et d'un diamètre d'un doigt[54].

– Regarde, les orifices sont mieux visibles que sur le dessin.

Baagon confit une tige à Menothep et Mosolan, afin qu'ensemble ils fassent basculer le mécanisme.

Délicatement, chacun se prépare à faire pénétrer le morceau de fer. La position de chacun des trous impose la présence de trois personnes pour activer le système : les trois Grands Élus de Tantareret.

– Allons-y, mes frères.

Chacun s'exécute et pousse lentement la tige afin qu'elle vienne toucher le fond. L'énigme qu'ils ont réussi à décrypter était très claire : chaque tige doit être activée au même moment.

Durant de longues secondes, rien ne se passe, l'ambiance commence à être pesante, puis soudain, un bruit sourd se fait entendre, suivi du son du sable qui s'écoule. La paroi amorce un pivotement sur elle-même, laissant apparaître un passage sur le côté vers une salle inconnue.

Ils se regardent et affichent un grand sourire… ils ont réussi.

– Tu dois être le premier à pénétrer Mosolan.

Il s'enfonce, torche à la main, dans la noirceur de la cavité, suivi de Baagon puis Menothep. La lueur du feu crépitant laisse entrevoir de superbes dessins colorés sur chacune des parois. Ils sont tous les trois émerveillés par la beauté des lieux.

– C'est magnifique !

---

[54] Mesure de l'Égypte antique qui dès la réforme de la XXVIe dynastie fut établie à 1,89 cm.

- Imaginez mes frères que ces fresques ont plus de mille années.
- Venez voir, s'écrie Menothep.
- Qu'y a-t-il ?

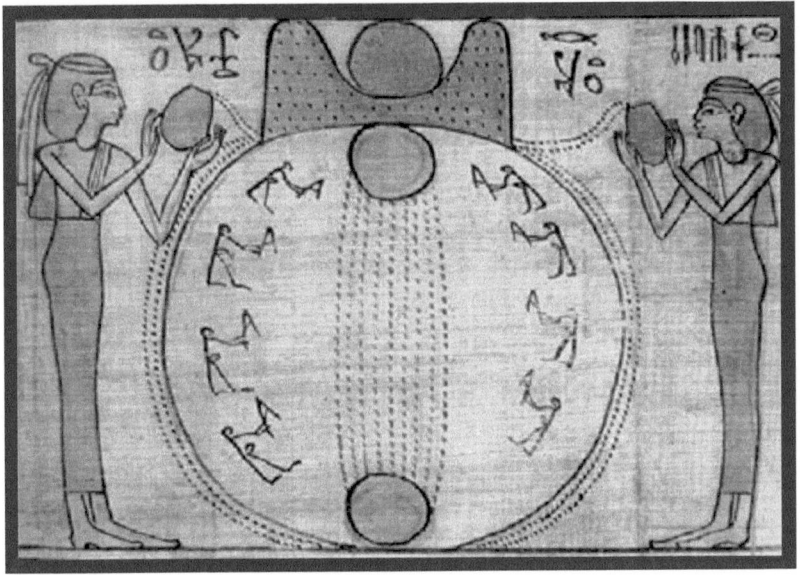

- Regardez, le voici notre œuf !

Mosolan s'approche pose la main sur la paroi, puis s'exprime doucement.

- L'ogdoade. Mais bien entendu, tout s'éclaire : la maison de l'œuf.
- Que dis-tu ?
- Il s'agit de l'ogdoade.
- Oui, Ahmir m'en a parfois parlé. Il s'agit de la création du monde par un groupe de huit divinités. Elles habitaient dans l'océan primordial et ont conçu un œuf qu'elles déposèrent sur une butte sur Terre. De l'œuf est sorti le Soleil qui créa le monde engendré par Thot[55].
- C'est bien cela, Baagon.

---

[55] Selon les versions, il pourrait également s'agir de Knoum.

- S'agirait-il du fameux trésor ?
- J'avoue avoir des doutes, Menothep.
- Il doit y avoir quelque chose que nous n'avons pas vu.
- Probablement que....
- ... elle existait donc vraiment !

Mahaban vient de faire irruption dans la salle secrète suivi d'Abif haletant.

- Je suis désolé, Pharaon, il a échappé à ma surveillance.
- Ne t'inquiète pas Abif. En revanche, Grand Prêtre, Dites-moi, comment connaissez-vous l'existence de cette douzième crypte ? demande Mosolan d'un ton très sec.
- Euh... non... enfin oui... disons que l'insistance d'Ahmir vis-à-vis de la fresque m'a beaucoup questionné, et j'en ai déduit qu'il existait probablement une nouvelle crypte inexplorée. Mais, je vous en conjure, Pharaon, il faut refermer cette salle.
- Pourquoi demandes-tu ceci ?
- Il doit y avoir une raison supérieure qui a incité nos anciens à clore cette entrée... elle ne doit pas être accessible à des personnes malintentionnées.
- À qui penses-tu ? Au Ouatou ?
- Les Ouatou ? Non, je pensais à des pilleurs. Mais qui sont ces Ouatou ?
- Peu importe. En attendant, sortons d'ici. Tant que nous n'aurons pas statué, des gardes empêcheront l'accès au couloir menant à la douzième crypte.

Le groupe sort du temple et se dirige vers le lac sacré. Sur le chemin, Mahaban tente d'engager la conversation sur un autre sujet avec son homologue de Karnak.

- Baagon, j'aimerais vous féliciter pour votre union avec la princesse Lia.
- Merci, Grand Prêtre.
- J'avoue que l'annonce faite par la suite m'a fortement préoccupée... Je... je ne parle pas du fait que vous soyez

officiellement le successeur de Pharaon, mais cette annonce a beaucoup fait parler sur la santé de notre souverain.

– Que voulez-vous dire ?

– Euh… et bien… il se dit que la santé de Mosolan est très mauvaise et qu'il ne lui reste plus beaucoup de jours à vivre, d'où cette soudaine décision de désigner un héritier au trône d'Égypte.

Baagon regarde Mahaban droit dans les yeux et lui répond sur un ton agacé.

– Mosolan est encore à la tête du royaume durablement !

Pharaon a entendu la conversation, et tente de calmer son ami.

– Je t'en prie, Baagon. Tu sais comme moi que je ne vais pas pouvoir cacher longtemps la vérité.

– Ce ne sont donc pas des rumeurs, lui demande Mahaban l'air surpris et plein de compassion. Je suis vraiment attristé d'apprendre cette tragique nouvelle.

– Merci, Grand Prêtre. Maintenant, si vous voulez bien nous laisser un moment, nous avons à parler avec le vizir et Baagon.

Abif s'empresse de le prendre par le bras pour l'accompagner vers la sortie, bien décidé à ne pas le lâcher des yeux.

Une fois, Mahaban partit, Baagon débute la conversation.

– Ce Mahaban nous fait perdre notre temps, mais je crains qu'il ait raison, ne devrions-nous pas envisager de refermer cette douzième crypte ?

– C'est possible, mais j'aimerais nous laisser une dernière chance de retrouver le trésor.

– Tu penses donc qu'il y en a bien un ?

– Oui, il doit être dans cette salle, bien caché…

CHAPITRE 27 : AKHÉNATON

An IX du règne d'Akhénaton (près de mille années auparavant)

Cela fait plusieurs années, que le jeune Amenhotep IV, fils d'Amenhotep III[56] et de la reine Tiyi[57] a bouleversé les traditions ancestrales égyptiennes, en prenant le nom d'Akhénaton (*celui qui est bénéfique à Aton*). Son premier fait d'armes fut la construction d'une toute nouvelle cité : Akhetaton (*l'horizon d'Aton*), dès l'an IV de son règne. Mais la récente orientation religieuse du nouveau souverain connut son apothéose lorsque le pharaon ordonna la destruction systématique des images de culte des anciennes divinités, à l'exception de celles de Râ. En martelant les noms des dieux, il efface leur faculté de s'incarner et anéantit leur influence dans le peuple d'Égypte.

---

[56] Amenhotep III, ou Aménophis III en grec ; Amāna-Ḥātpa en égyptien ancien, qui signifie Amon est satisfait, est le neuvième pharaon de la XVIIIe dynastie.
[57] Tiyi est une reine d'Égypte de la XVIIIe dynastie, épouse d'Amenhotep III et mère d'Amenhotep IV.

Bien que souverain de la Haute et Basse-Égypte, et potentiellement, futur Grand Élu, certaines personnes dans l'ombre agissent pour qu'il n'y soit jamais reçu. Il a appris, depuis sa plus tendre enfance, par son propre père, l'existence de ce fameux trésor de Tantareret, et il cherchera par tous les moyens à le détruire afin qu'il ne vienne contrecarrer ses ambitions du Dieu unique. Mais, encore faudrait-il qu'il découvre le lieu où il se trouve...

- Grand Prêtre, ne croyez-vous pas qu'il serait temps que j'intègre la confrérie de Tantareret ?
- Mais, Pharaon, vous savez que nous ne le pouvons pas, seuls trois Grands Élus doivent composer notre assemblée...
- ...il suffit, Maya ! Donne-moi le nom de celui qui a pris ma place !
- Personne n'a pris votre place, votre père sentant la mort arrivée a décidé de démissionner et un grand homme a été admis pour lui succéder...
- ... et pourquoi n'étais-je pas celui-ci ?
- Nos règles sont strictes Amenho... Akhénaton. Pour être admis, il faut avoir plus de vingt ans d'existence sur Terre.
- Tout ceci va bientôt changer... fais-moi confiance.

Maya vient de lire dans le regard de son souverain, toute la haine qu'il ressent chez lui depuis son adolescence. Amenhotep III a bien agi, se dit-il, en usant de ce stratagème afin d'évincer son fils à sa succession parmi les Grands Élus. Le Grand Prêtre luttera jusqu'au bout pour éviter le pire, craignant chaque jour pour sa vie.

Sa décision, il l'a longuement mûrie, il doit cacher le papyrus de Tantareret afin qu'il ne tombe jamais dans les mains d'Akhénaton. La conséquence, il la connaît... la fin de la confrérie, un trésor perdu à jamais. Il profitera d'une visite de Tantareret et de la préservation du Temple d'Hathor pour y déposer le précieux document dans un lieu où il pensait que personne ne pourrait jamais le retrouver… c'était sans compter sur une intervention divine.

Les mois sont passés, et la rage d'Akhénaton n'a pas faibli. Il mettra pratiquement à terre l'ensemble de la communauté sacerdotale de l'Égypte aidé en cela par son épouse Nefertiti.

– Il ne me reste plus qu'une solution.

– Je le sais, mais ne crains-tu pas que nous allions trop loin, que le peuple…

– … je suis un Dieu, Nefertiti ! L'Égypte se pliera à ma volonté !

Les excès de colère de son époux inquiètent de plus en plus la reine. Pharaon reprend un ton plus aimable, et lui caresse la joue.

– Excuse-moi, ma douce amie. Mais je n'ai pas le choix, je dois raser totalement le site de Tantareret, il en va de notre avenir.

Son plan ne sera jamais mis en œuvre, il décédera avant sa réalisation. Pour autant, il prit soin de demander cette faveur sur son lit de mort à son fils. Le jeune Toutankaton n'aura pas le loisir d'exécuter cette dernière volonté, empêché par sa propre mère.

Nefertiti avait, depuis plusieurs années déjà, ressenti que le peuple commençait à gronder, elle usera de son influence sur son fils, jusqu'à lui faire changer de nom et devenir Toutankhamon. Tantareret était sauvé…

Moins d'une centaine d'années plus tard, Ramsès II, dit Ramsès le Grand, est devenu Pharaon, tout comme son père Séti 1er[58], il est un souverain respecté et admiré. Quelques mois auparavant, un violent tremblement de terre a secoué le royaume, notamment sur le domaine de Tantareret. Les dégâts n'étaient pas nombreux, et venant constater

---

[58] Pharaon d'Égypte de la XIXe dynastie, qui règne de -1294 à -1279. Fils du pharaon Ramsès Ier, il est le père du pharaon Ramsès II.

l'étendue de la catastrophe, Pharaon trouve le papyrus dans une cavité à l'intérieur du temple d'Hathor, mise à jour par la colère des dieux.

Une fois ce texte découvert, Ramsès n'aura de cesse d'en démasquer les secrets, aidé de son vizir et du Grand Prêtre de Karnak. À eux trois, ils finiront pas comprendre l'intégralité du message, et leur première décision sera de faire renaître la confrérie.

Quelques mois plus tard, ils prirent le même chemin que celui qu'emprunteront Mosolan, Baagon et Menothep. Sauf qu'à l'époque, lui apercevra le trésor caché de Tantareret.

- Mes frères, cette découverte est trop importante que nous ne la laissions à la portée de personnes mal intentionnées. Nous devons le mettre à l'abri pour l'éternité.
- Je suis d'accord avec toi, Ramsès. Toutefois, si les dieux nous en ont laissé l'accès, c'est qu'ils nous estimaient dignes de l'observer.
- Que proposes-tu ?
- Qu'à notre tour, nous léguions l'opportunité à d'autres Grands Élus d'y parvenir.

C'est ainsi qu'ils renfermèrent le précieux trésor dans un lieu différent, accessible qu'aux seuls membres de la confrérie. Une fois réalisée cette volonté, ils prirent soin de refermer le mur donnant sur la salle de la fresque. Dès lors, le trésor restera introuvable durant près de mille ans...

CHAPITRE 28 : LE PASSAGE

An 36 de Mosolan, mois de Phaophi, Tantareret

Cela fait près d'une heure que les trois Grands Élus discutent, au bord du lac Sacré, sur le vrai trésor, ils en sont pratiquement convaincus, il doit exister ailleurs.

– Croyez-vous que le Grand Prêtre Maya ait risqué sa vie durant de longues années pour conserver cette crypte inviolée, mes frères ?

– Baagon a raison, Mosolan. Cela paraît peu probable que le trésor des dieux soit constitué, aussi magnifiques qu'elles puissent être, de ces fresques murales.

– Comment expliques-tu que cette pièce soit vide ?

– J'imagine que Ramsès le Grand, en découvrant lui-même la crypte et son précieux contenu décida qu'il devait le protéger d'éventuels pilleurs ou Ouatou.

Mosolan se lève, fait quelques pas, réfléchit un moment, puis revient vers Baagon et Menothep.

- Je suis d'accord avec vous, mes frères. Souvenez-vous que le dernier passage du papyrus de Tantareret est encore un peu flou.
- Où veux-tu en venir ?
- Et s'il était de la propre main de Ramsès II ?
- Ce qui voudrait dire que la clef se trouve sur l'une de ces fresques ?
- Parfaitement mes frères, nous n'avons plus beaucoup de temps. Va chercher Abif, Baagon.

Quelques minutes plus tard, le général fait son apparition.

- Vous m'avez demandé, Pharaon ?
- Fais sortir tout le monde du temple et fais garder toutes les entrées par les meilleurs de tes hommes. Personne ne devra pénétrer avant que nous n'en sortions nous-mêmes.
- Ce sera fait selon vos ordres, et je surveillerai personnellement Mahaban.

Abif exécute la demande de son souverain, ce qui semble déranger énormément Mahaban.

- Général, il est inadmissible qu'un Grand Prêtre ne puisse accéder à l'intérieur du temple dont il a la charge.
- Je vous en prie, ce sont les directives de Pharaon. Personne ne peut y déroger, pas même vous, Grand Prêtre.

Il sent bien qu'il ne pourra rien contre la détermination du général, il se resigne à cette décision à contrecœur.

Pendant ce temps, les trois hommes sont retournés à la douzième crypte.

- Relis-nous le passage issu de la main de Ramsès le Grand, Menothep.
- Voici : « *Seul celui qui désire voir avec exactitude approchera de la conception divine* ».

– Nous savons que le trésor a été confié à Pépi 1er par les dieux, insiste Mosolan, nous pouvons probablement en conclure qu'il s'agit de « *la conception divine* ».

– Il ne nous reste plus qu'à voir avec exactitude, mes frères. Que chacun scrute dans les moindres détails le mur qui lui fait face et cherchons cette conception divine.

Pendant plusieurs minutes, à la simple lueur de leur torche, ils observent chaque parcelle, chaque finesse dans les dessins et gravures... en vain.

– Nous sommes passés à côté du message, soupire Baagon.

– Oui, reprenons la phrase : « Seul celui qui désire voir avec exactitude ».

– Voir avec exactitude... attendez mes frères...

– ... nous t'écoutons Menothep.

– Voir nous renvoie à l'œil, comme le reste du texte avec l'oreille et le cœur... l'œil d'Horus !

– Bien entendu ! L'œil d'Horus ! Il est présent sur ce mur-ci !

Chacun approche sa torche près de la fresque et observe le dessin.

– Il doit y avoir un mécanisme caché.

Baagon passe sa main et caresse délicatement la pierre, comme il aime à le faire pour ressentir les énergies.

– Je ne perçois rien.

– Peut-être que la solution est plus simple que nous l'imaginons, insiste Menothep.

Le vizir à son tour pose la main contre le dessin de l'œil d'Horus et appuie fortement sur chacune des parties visibles.

– Rien...

– ... Réfléchissons, mes frères, la solution est forcément devant nous.

– Mosolan a raison, reprenons le texte : « *Seul celui qui désire voir avec exactitude approchera de la conception divine* ».

– Attendez ! s'écrie Menothep.

– Oui.

- Le hiéroglyphe pour exactitude peut aussi désigner la mesure.
- Mais bien sûr ! La mesure !
- Explique-toi, Baagon.
- Comme Ahmir me l'a enseigné, l'œil d'Horus est également utilisé pour représenter les proportions, la pupille un quart, le sourcil un huitième…
- … Évidemment, regardez plus attentivement, rien ne vous surprend, insiste Mosolan.

Les deux Grands Élus scrutent encore une fois l'œil d'Horus avec minutie, puis Baagon réagit rapidement.

- Il manque une proportion !
- Tu as raison ! Mais comment être passé à côté de cela ?
- Nous devons retrouver cette forme, elle ne doit pas être très loin.

Ils se saisissent à nouveau de leur torche et partent à la découverte de la proportion perdue. Les minutes passent et pas la moindre apparition du dessin recherché.

- Je ne crois pas que nous devrions viser une peinture, mais plutôt une gravure.
- Menothep a raison, la proportion perdue doit être associée à un mécanisme d'ouverture, donc en creux. Continuons, nous approchons du but.

Cela fait près d'une heure que les trois hommes passent leurs mains sur les parois, en vain.

- C'est incompréhensible, cela fait plusieurs fois que nous faisons le tour des murs de cette pièce et rien…
- … Mais, bien sûr ! Les murs !
- Aurais-tu une idée, Baagon ?
- Mes frères, ce n'est pas sur les murs qu'il nous faut chercher, mais sur le plafond.
- Tu n'y penses pas, il me manque une coudée pour l'atteindre, précise Menothep.

– Souviens-toi que nous devons cette énigme à Ramsès II en personne, qui était également appelé Ramsès le Grand.

– C'est évident, il devait être aussi grand que toi, Baagon. Peux-tu attendre le plafond ?

Le Grand Prêtre lève ses longs bras, et sans difficulté pose ses larges mains directement sur la pierre au-dessus de lui. Pendant ce temps, Mosolan et Menothep l'éclairent au mieux, en prêtant attention de ne pas le brûler.

– J'ai trouvé ! Regardez exactement la forme de la proportion perdue !

– Nous devons probablement introduire quelque chose ressemblant à une clef à l'intérieur.

– Et d'une forme particulière, un peu comme celle-ci.

Mosolan désigne le bijou qu'il porte en collier, héritage des anciens Grands Élus de Tantareret.

– Ceci a été confectionné pour Ramsès le Grand, son cartouche est gravé sur la face arrière.

Pharaon détache la partie centrale qui semblait flotter… la forme est exactement la même que la proportion perdue. Il tend le morceau de bijou à Baagon.

– Je ne comprenais pas, jusqu'à présent, la signification de cette forme particulière. Maintenant, tout s'éclaire. Ouvre-nous cette porte, mon frère.

Le Grand Prêtre allonge le bras, fait pénétrer délicatement la clef dans l'interstice. Il ressent au bout de ses doigts qu'il a atteint le fond, puis appuie un peu plus fort. Un claquement se fait entendre, suivi du bruit du sable qui s'écoule.

Les trois Grands Élus regardent avec bonheur la paroi qui bouge, faisant soudain apparaître une forte lueur qui commence à illuminer le passage vers la salle secrète.

CHAPITRE 29 : L'ŒUF

Même moment, douzième crypte.

Lentement, un passage se forme duquel une intense lumière paraît sortir. Les trois Grands Élus sont figés, presque hypnotisés par la sérénité que dégage cette lueur magnifique de pureté.

Le bruit du sable s'écoulant a cessé, le silence est revenu, aucun d'entre eux n'ose prononcer le moindre mot, de peur de briser ce moment de béatitude. Ils se regardent, leurs visages sont remplis de quiétude, ils le savent, la vérité se trouve à quelques coudées... pourtant personne ne tente de bouger.

D'une voie douce et apaisée, Baagon rompt le mutisme.

— Mosolan, mon frère. C'est à toi de pénétrer le premier.

— Il a raison, tu es le porteur de la clef, c'est à toi que revient cet honneur.

— Je vous remercie. Mais avons-nous le droit d'entrer ici ?

— Que veux-tu dire ?

- Sommes-nous aussi purs que cette lumière pour mériter d'en observer l'origine ?
- N'oublie pas que derrière ce mur se trouve la conception divine, c'est ce que nous sommes venus chercher.
- Menothep dit vrai, Mosolan. Les dieux nous ont donné le chemin jusqu'à cette lueur. Crois-tu que le Grand Ramsès aurait conçu une clef pour ouvrir cette salle, s'il n'avait pas jugé que les Grands Élus puissent y accéder ? Il lui aurait suffi d'en condamner définitivement le passage.

Pharaon leur sourit, il sait qu'ils disent vrai. Il avance lentement vers le corridor lumineux, s'arrête un instant, puis franchit la dernière coudée l'amenant à l'intérieur. Baagon et Menothep s'empressent de lui emboîter le pas.

Les trois Grands Élus n'en croient pas leurs yeux, la petite salle semble éclairée d'une lumière divine qui laisse apparaître sur chacune des parois de magnifiques fresques. Les couleurs sont restées telles qu'elles devaient l'être, près de mille années auparavant, telles que les yeux de Ramsès II les ont admirées.

- Serait-ce ceci la conception divine ? s'interroge Menothep.
- Il doit plutôt s'agir de ceci. Répond Baagon en montrant de son index la source de lumière.

Ils s'avancent doucement, le temps leur semble comme suspendu. Soudain, une douleur intense surprend Pharaon.

- Mosolan, tout va bien ? s'inquiète le Grand Prêtre.
- Ne vous occupez pas de moi, mes frères, approchons-nous de la lumière.

Après quelques secondes, leurs yeux se sont habitués à la grande clarté, ils commencent à discerner l'objet duquel émane toute cette énergie.

- L'œuf ! Nous sommes dans la maison de l'œuf !

Il s'agit d'une pierre polie blanche en forme d'œuf, elle semble luire dans l'obscurité.

- Regardez, sur la partie droite sont gravés quelques hiéroglyphes.

Pharaon se penche pour apercevoir ces signes, mais une douleur intense lui fait mettre un genou à terre.

    – Non ! Mosolan !

    – Je vous en prie, aidez-moi à me relever.

Chacun le soutient par un bras, il ne peut pratiquement plus tenir debout. Ils sont inquiets, le moment est probablement venu, si près de ce cadeau des dieux, de partir…

    – Était-ce peut-être là ma destinée, mes frères, mourir dans la maison de l'œuf, où tout a commencé.

Les deux hommes restent muets, ils n'osent le contredire dans un instant aussi solennel.

    – Amon !

Baagon et Menothep se regardent, ils sont inquiets sur la santé mentale de leur frère.

    – Pourquoi prononces-tu son nom, Mosolan ?

    – C'est ce qui est inscrit sur l'œuf.

Dans un dernier effort, Pharaon tend les mains vers la pierre blanche et s'en saisit avec délicatesse… au même moment, ses jambes ne semblent plus le faire souffrir, ils se redressent, des couleurs reparaissent sur son visage émacié.

    – Mosolan ? Tout va bien ?

    – On ne peut mieux !

Les trois Grands Élus se regardent et la tristesse fait place à des rires de joie de recouvrer leur pharaon aussi radieux que jamais.

    – Il était là ton destin, Mosolan, retrouver l'œuf cosmique afin qu'il te guérisse de ton mal.

    – Que les dieux t'entendent, Baagon !

Après ces quelques mots, Pharaon observe de nouveau l'artefact. Son sourire s'efface.

    – Nous ne pouvons pas l'emporter ?

    – Pourquoi dis-tu cela ?

    – Je suis du même avis que Mosolan, Menothep. Nous ne devons pas l'emporter. Il doit resté caché à la vue de tous, son pouvoir est bien trop grand que nous risquions que des personnes mal intentionnées telles que les Ouatou s'en emparent.

- Malheureusement, je crains que vous n'ayez raison, mes frères. Mais nous ne pouvons pas non plus le laisser ici, tôt ou tard cet abri sera découvert.

Les trois Grands Élus doivent se rendre à l'évidence, en trouvant l'œuf cosmique, ils ont compromis sa sécurité. Mais, n'était-ce pas là une volonté des dieux ? se dit Mosolan.

- Probablement que notre mission était de lui retrouver un lieu plus sûr, maintenant que les Ouatou étaient proches de le repérer.
- J'en suis convaincu, comme ils l'ont fait en faisant gronder la Terre à l'époque de Ramsès II, ajoute Baagon.

Le Grand Prêtre sort de sa besace le tissu en lin qui lui avait servi à emballer les trois tiges de fer. Il enveloppe le trésor dans celui-ci afin que sa lueur soit moins visible, puis le dépose dans son sac.

- Maintenant, refermons la douzième crypte.
- De quelle manière ?
- Très certainement en ôtant dans un même mouvement les trois tiges.

Ils s'exécutent. Après quelques secondes un bruit sourd se fait entendre, puis l'écoulement du sable… le mur se referme lentement.

Sitôt, s'être assuré que la paroi était bien close, Baagon reprend les tiges de fer, les met dans la besace avec l'œuf.

- Tout est dans l'ordre, nous pouvons y aller…
- … Mosolan !

Pharaon commence à tituber, tente de faire quelques pas… puis tombe lourdement sur le sol, inanimé.

Menothep et Baagon se hâtent sur lui, s'efforcent de le réveiller, rien n'y fait.

Le vizir approche son oreille de son visage sous le regard affolé du Grand Prêtre.

- Sa respiration est faible, nous devons le sortir rapidement d'ici.

À peine a-t-il terminé sa phrase que Baagon soulève le corps inerte.

— Prends les torches, Menothep ! Vite !

Ils se ruent vers l'extérieur en remontant les escaliers le plus précipitamment possible. Il ne leur faudra que deux minutes pour atteindre la sortie.

Abif les accueille affolé.

— Que c'est-il passé ?

— Kar ! Kar !

Le médecin s'approche du corps, tente de le réveiller avec la mixture que lui a préparée Bakaa… en vain.

— Fais-lui boire le breuvage ! Hurle Abif.

— Je ne peux pas, je risquerais de l'étouffer !

— Il est en train de mourir ! nous ne pouvons pas attendre !

La main tremblante, il s'exécute et tente de lui faire avaler la potion.

CHAPITRE 30 : LE DESTIN

Tantareret

Cela fait maintenant plusieurs minutes que Pharaon est inconscient, Kar est inquiet, et si le breuvage n'avait plus d'effet… ne viendrait-il pas d'étouffer son souverain ?

Baagon se sent également coupable, c'est lui qui a ordonné au médecin d'agir en urgence, mais avaient-ils le choix ?

Soudain, l'espoir renaît. Un léger mouvement de la main, puis du bras et enfin il ouvre les yeux.

– Mosolan ! Nous avons eu si peur !

Il marmonne quelques mots incohérents… il est encore très faible.

– Que dis-tu ?

– N'ouv… n'ouvrez pas… l'œuf.

– Je ne comprends pas.

– Je crois qu'il a parlé d'un œuf, lui répond Mahaban.

Usant de ses dernières forces, Mosolan attrape le bras de Baagon, se redresse et s'assied.

– Abif… éloigne tout… tout ce monde.

– Bien, Pharaon.

– Que seuls restent le vizir… et le Grand Prêtre.

Le général exécute les ordres, toujours sous l'agacement de Mahaban qui ne se sent plus maître de son domaine.

– Approchez, mes frères, tant qu'il me subsiste un peu d'énergie.

– Ne crois-tu pas qu'un peu de repos te ferait du bien ? lui demande Menothep.

– Non, non. Nous n'avons que peu de temps.

– Ne veux-tu pas te saisir de l'œuf ? Les effets sur ta santé ont été exceptionnels.

– Je crains que cela ne change rien, mon ami.

Les deux hommes se plient à la requête de leur pharaon et s'asseyent à ses côtés afin d'écouter ce qu'il a à leur dire.

– Tu as parlé de ne pas ouvrir l'œuf.

– Oui. Lorsque j'ai perdu connaissance, Ahmir m'est apparu.

– Et c'est lui qui t'a prononcé cette phrase ?

– Exactement. L'œuf cosmique est beaucoup plus puissant que nous ne croyons. Il renferme une énergie phénoménale, celle-là même qui permit aux dieux de créer notre monde.

– Je saisis mieux pourquoi il ne doit jamais se retrouver entre d'autres mains que celle des Grands Élus.

– Pépi 1er et Ramsès II l'avaient bien compris, c'est la raison pour laquelle ils n'ont eu de cesse de le protéger.

– Tu dis vrai, Baagon, lui répond Mosolan.

– Et Ahmir t'a-t-il précisé ce qu'il se passerait si l'œuf était ouvert ?

Mosolan reste muet quelques secondes, puis donne une réponse catastrophique.

– La destruction de notre Terre…

Dans la confusion ambiante, Abif n'a pas vu qu'un individu s'était éloigné du groupe et se dirigeait vers les trois Grands Élus assis à même le sol. Il avance lentement sans un bruit, il le sait, il n'aura qu'une petite chance de réussite, le temps qu'ils réagissent et qu'ils se lèvent, il pourra fuir.

Il se précipite, s'empare de la besace de Baagon, qui est surpris et comprend trop tard que quelqu'un vient de lui subtiliser l'œuf.

– Abif ! Attrape-le !

– C'était Mahaban ? demande Mosolan.

– Oui, ce traître est probablement le chef des Ouatou…

Le général a vite réagi, et s'est mis à la poursuite du voleur. Il ne prendra que peu de temps à le récupérer, l'embonpoint du Grand Prêtre de Tantareret joue en sa défaveur. Il se retrouve bloqué contre un mur, l'imposante stature d'Abif face à lui. Dans le même temps, Menothep et Baagon ont aidé Mosolan à rejoindre le général.

– Ne vous approchez pas !

Mahaban s'est saisi de l'œuf, il le tient fermement avec les deux mains. La lueur émise par l'artefact semble plus terne.

– Si vous vous approchez, je l'ouvre !

– Non ! Hurle Pharaon, avec un effort intense.

– Tu n'es plus rien, Mosolan. Je suis celui qui possède l'énergie des dieux !

– Tu es fou, Mahaban. Le peuple d'Égypte ne s'asservira jamais à un homme comme toi. Les Ouatou ont été anéantis.

– Tant que je serais en vie et en possession de l'œuf cosmique, il n'en sera rien.

Au même moment les deux ibis blancs foncent sur Mahaban, surpris, il relâche son attention, et Abif en profite pour lui sauter dessus et lui asséner un coup de poing au visage qui le fait tomber au sol. Baagon exploite la situation pour reprendre l'œuf et le mettre à l'abri dans sa besace.

Mahaban vouait une admiration sans faille pour Akhénaton et a cherché par tous les moyens à poursuivre son œuvre.

Depuis la découverte, par Pépi 1er, de l'œuf cosmique, les Ouatou n'ont eu de cesse de s'en emparer. Leur origine remonte vraisemblablement de la même époque ; leur premier chef fut une femme, la reine du harem de Pépi 1er, Ouéret-Yamtès. Les Grands Élus réussirent à contrer les attaques de leurs ennemis, jusqu'à l'arrivée sur le trône de la Haute et Basse-Égypte d'Amenhotep IV, rebaptisé Akhénaton. Devenu très certainement le nouveau chef des Ouatou, il aurait pu parvenir à son dessein, sans l'intervention courageuse du Grand Prêtre de Karnak, Maya. Pendant plusieurs siècles, ils continueront, tapis dans l'ombre à rechercher le précieux trésor, jusqu'à ce jour où la capture de leur dernier responsable signe, pour de nombreuses années, la fin des Ouatou.

– Retournons sur Thèbes, où tu seras jugé pour tes actes, Mahaban.

– Nous ne sommes pas anéantis, d'autres prendront prochainement ma place, répond Mahaban en se relevant difficilement.

– Tous tes hommes ont été arrêtés, vous n'existez plus.

– N'y croyez pas trop…

– … emmenez-moi ce mécréant ! Hurle le général à ses soldats.

Quelques jours plus tard, Mahaban sera condamné à mort avec exécution immédiate. La sentence du vizir Menothep aura été courte et reçue avec beaucoup de soulagement. Apothem et Asa subiront le même sort, mettant fin à l'existence des Ouatou pour de nombreuses années…

L'apaisement général, la disparition de l'Isfet n'ont pas effacé l'inquiétude grandissante sur l'état de santé de Mosolan, la famille, les proches, le peuple savent que la fin est imminente, et attendent dans l'angoisse ce jour fatidique.

ÉPILOGUE

Mosolan donnera jusqu'à son dernier souffle pour mettre dans un lieu accessible qu'aux seuls Grands Élus, le précieux œuf cosmique. Il aura puisé toute la force nécessaire dans l'énergie diffusée par l'artefact.

L'ultime passage vient de se refermer, les trois hommes se tiennent là, debout, satisfaits du devoir accompli.

- Mes frères nous pouvons être fiers, comme Pépi 1er et Ramsès le Grand en leur temps, nous avons su protéger ce trésor des dieux. Maintenant, je vais pouvoir partir en paix.

Dès le lendemain, Pharaon mourra dans son sommeil, le visage apaisé. Neferi, ses filles et ses frères de la confrérie l'ont accompagné jusqu'au bout. Les deux grands ibis blancs avaient élu domicile dans le jardin du palais, attendant probablement leur ami pour l'escorter dans son dernier voyage.

Quelques semaines plus tard, la cérémonie funèbre aura lieu dans les montagnes à l'ouest de Thèbes, lieu choisi par Mosolan comme ultime demeure.

Auparavant, le momificateur du royaume aura œuvré pour l'embaument du souverain, en passant par les six étapes traditionnelles : les traitements du corps, l'excérébration[59], l'éviscération, la déshydratation, de remodelage et le bandelettage, terminant son rituel par une complainte à Isis[60] et Nephtys[61] « *Qu'elles empêchent que tu te décomposes selon ce nom qui est tien d'Anubis ! Qu'elles empêchent que ta putréfaction ne s'écoule à terre selon ce nom qui est tien de Chacal de Haute-Égypte ! Qu'elles empêchent que l'odeur de ton cadavre ne devienne mauvaise selon ce nom qui est tien de Horus de Shat ! Qu'elles empêchent que ne se putréfie Horus Oriental ! Qu'elles empêchent que ne se putréfie Horus de la Douat ! Qu'elles empêchent que ne se putréfie Horus, le Maître du Double Pays !* »

Le cortège funéraire se dirige vers le tombeau, des pleureuses professionnelles accompagnent de leurs gémissements le corps jusqu'à sa destination finale. Le sarcophage est transporté dans la crypte creusée et décorée par les meilleurs artisans du royaume. Tandis que des offrandes sont déposées à l'intérieur, Baagon, toujours Grand

---

[59] Étape de la procédure de momification égyptienne consistant à prélever le cerveau des cadavres avant leur embaumement.

[60] Isis est une reine mythique et une déesse funéraire de l'Égypte antique. Le plus souvent, elle est représentée comme une jeune femme coiffée d'un trône ou, à la ressemblance d'Hathor, d'une perruque surmontée par un disque solaire inséré entre deux cornes de vache.

[61] Nephtys, Nebt-Het ou Neb-Hout qui signifie « La Dame du château » est une déesse de la mythologie égyptienne ; elle est la déesse protectrice des morts en veillant sur le sarcophage, déesse funéraire aux côtés de Hâpi, avec qui elle est associée pour protéger le vase canope contenant les poumons du défunt.

Prêtre de Karnak, prononce la phrase de promesse de vie éternelle : « *Tu ne t'éteindras pas, tu ne finiras pas. Ton nom durera auprès des hommes. Ton nom viendra à être auprès des dieux* ». Arrive alors le rituel d'ouverture de la bouche, le sarcophage est positionné verticalement, Neferi est agenouillée au pied de ce dernier. Elle pose sa main droite sur le pied de la momie, avec sa main gauche elle se jette de la poussière sur la tête en signe de lamentation tout en récitant une prière. Dans le même temps, Baagon fait brûler de l'encens, puis verse divers liquides et résines sur le sarcophage afin de le purifier. Il se saisit d'une herminette, vient toucher la bouche de la momie pour lui permettre de manger dans la vie éternelle ; puis touche le nez, pour lui permettre de respirer ; les yeux pour voir ; les oreilles pour entendre.

La cérémonie s'achève par le scellement du tombeau et l'apposition du sceau de Mosolan.

Pendant toute la période que durera le rituel funéraire, c'est la reine Neferi qui assurera la régence, mais comme l'avait demandé Mosolan, le temps est venu que Baagon devienne le nouveau Pharaon.

Cela fait trois jours que Mosolan a rejoint sa dernière résidence. Un nouveau Grand Prêtre a été nommé à Karnak, et c'est lui qui assurera l'ensemble de la cérémonie. La foule des notables venus de tout le pays est déjà présente à la sortie du palais, les habitants de Thèbes sont sortis de leurs demeures, ont cessé le travail pour venir s'agglutiner sur le chemin qui mène jusqu'à la rive du Nil opposée au domaine de Karnak.

Le cortège sort du Palais, en-tête de celui-ci se trouve Baagon et son épouse, la princesse Lia. Derrière le couple, Neferi et ses deux autres filles suivent solennellement, le vizir Menothep et le nouveau Grand Prêtre de Karnak ferment la marche. Le futur Pharaon et la future reine sont vêtus d'un pagne blanc pour le premier et d'une robe du même éclat pour la seconde. L'ensemble des acteurs de la cérémonie embarque dans les chars d'apparat qui les conduiront jusqu'au Nil, puis ils emprunteront des navires richement décorés pour réaliser la traversée vers le domaine de Karnak.

Arrivé devant l'entrée du temple d'Amon, le Grand Prêtre se met face à Baagon.

– Avant de pénétrer dans ce lieu, tu dois être purifié.

Trois prêtresses s'approchent de lui et entament la purification, la première lui lave le corps avec de l'eau du lac Sacrée, la deuxième l'essuie avec un linge blanc et la dernière le frotte d'onguents aux parfums raffinés.

– Entre et rejoins-moi au centre de tout ce qui est, au centre de l'énergie de la régénération d'Amon.

Baagon franchit le seuil de la porte du temple, une sensation intense de plénitude l'envahit. Plus que quelques pas, et le voici arrivé au point d'orgue de la cérémonie, celle du couronnement.

Le futur souverain se positionne en direction de l'Orient, le Grand Prêtre, pardalide rituélique autour de la taille, porte sur le chef une couronne surmontée d'un visage allongé et de deux cornes ; il représente Seth[62] et porte en main le Hedjet[63]. À droite de Baagon, le premier des prêtres liturgiques porte une couronne surmontée d'une tête de faucon or massif ; il joue Horus[64] et présente le Decheret[65].

Les prêtres réunissent les deux parties du Skhemty[66] et le posent sur la tête de Baagon. Au même moment, un rayon de lumière vient éclairer la double-couronne d'Égypte. Il prend conscience de la charge qui lui a été léguée par Mosolan.

---

[62] L'une des plus anciennes divinités égyptiennes. Frère d'Isis, Nephtys et Osiris.

[63] La couronne blanche ou Hedjet. Mitre blanche oblongue, couronne symbolisant le Sud (Haute-Égypte), associée au dieu Seth.

[64] L'une des plus anciennes divinités égyptiennes. Fils d'Osiris et d'Isis.

[65] La couronne rouge ou Decheret. Couronne plate à fond relevé, couronne symbolisant le Nord (Basse-Égypte), associée au dieu Horus.

[66] Le Pschent (skhemty) est le nom grec de la double couronne portée par les pharaons de l'Égypte antique. Elle est formée de l'enchâssement de deux couronnes distinctes.

Les trois hommes se dirigent maintenant vers l'extérieur où les attend une foule immense, impatiente de découvrir le nouveau pharaon coiffé de ses attributs. Le Grand Prêtre s'adresse alors au peuple.

– khâou nesout-bity[67] !

Une clameur intense résonne dans le public, la population est en extase. Pour parfaire à sa prise de pouvoir du royaume, le sceptre-héqa[68] et le fléau-nekhekh[69] sont confiés au nouveau pharaon.

Le règne de Baagon, aidé de la reine Lia, permettra à l'Égypte de vivre dans les règles de Maât durant de longues années. La mémoire d'Ahmir, Mosolan et Ay sera célébrée à chaque fête de l'Opet, afin de ne jamais oublier les temps difficiles et sombres qui ont forgé Baagon.

Abif devenu les troisièmes Grand Élu de Tantareret, marche avec Pharaon dans les allées du jardin du Palais.

– Crois-tu qu'un jour, le trésor des dieux sera découvert ?

– Tant qu'ils y veilleront avec notre soutien, je ne l'imagine pas, Abif.

– Mais qu'adviendrait-il si la confrérie disparaissait à tout jamais ?

– C'est impossible. La vérité de Maât unit ce que la mort ne peut séparer.

---

[67] Littéralement : « apparition du roi de Haute et Basse-Égypte »
[68] Il représente une crosse de berger qui est un bâton avec une extrémité recourbée. Le crochet et son écartement sont conçus pour saisir un ovidé ou un capridé (brebis, chèvre) par la patte arrière afin de lui administrer des soins.
[69] Souvent faussement présenté comme un chasse-mouche, le nekhekh sert en fait à aiguillonner les bovidés.